JN289650

グレアム・グリーン文学の原風景

その時空間を求めて

岩崎正也・小幡光正・阿部曜子 著

南雲堂

「緑色のラシャ張りのドア」

このドアはグリーンの作品に見られる「国境」のシンボルで，今もスクール・ハウス内にある（撮影：岩崎正也　2001）

《グリーンランド》のために

まえがきに代えて

《グリーンランド》（Greeneland）という呼称がある。批評家アーサー・コールダー＝マーシャルが四十年代早々に思いついた造語で、グレアム・グリーン（一九〇四-九一）の文学世界を総称する（と言っても、その時点までだが）意図で使いだしたらしい。作中の舞台や背景がどこに設定されようとも、すなわち小説『ブライトン・ロック』と同名のイギリス版金太郎飴をどこで折ろうとも、同じ絵柄が現れてくるというように、この作家の手になる人物は全員が《グリーンランダーズ》として、セピア色一色の写真の姿と変わらないという趣旨の読後感に基づく言葉、それだけに否定の意味合いの濃い文学世界の国名であった。ところが、その後この言葉はまったく逆に作家のヴィジョンの徹底ぶりを褒めそやす言葉に変容していった。私たちは、その言葉をなによりも口調の良さと耳に心地よい響きで好んできたし、そのことでこの言葉が肯定的に受け取られる素地も自ずと出来上がっていったのだと判断できる。

それにしても、作家本人からこの言い方が気に入らないと発言していたのは前者の文脈においてであるが、では後者の文脈においてはとなると、やはり気に入らないと吐きすてるように言ったであろうことは想像に難くはない。人ぞ知る、韜晦でなければ歯に衣着せぬ弁舌を弄したグリーンのことだ。

グリーン文学の背景は長編小説を主体とする膨大な作品群にふさわしく、故国イギリスの地を離れ、西欧圏は言うに及ばず、北欧はスウェーデン、東欧は旧ソ連、バルカンは旧ユーゴスラビアを経由して中近東はトルコまで、さらにアフリカはリベリア、旧英領シエラレオネ、旧ベルギー領コンゴ、中南米はキューバ、ハイチ、パナマ、パラグアイ、ニカラグア、アルゼンチンからメキシコの奥地まで、あるいは東南アジアはヴェトナムなどの西欧圏外にまで累々と及んでいったわけだが、にもかかわらず、これら各地域へのそもそもの出発地点に私たちはことのほか眼差しを向けるのである。しかも、この地点はすべて同じ不動の一点であった。そして、この地点は本質的にほとんどが回想の対象とされやすい。したがって、回想されるたびにこの地点は常に変容されていくはずである。回想とはいまひとつの創作行為にほかならないからだ。だが、このことと不動の一点とは無関係である。片や意味作用という哲学的な問題であり、片や物理学的な問題である。

加えて、それは出発地点であった以上に、帰還すべき地点でもあったことの意味が大きかった。

いや、帰還しなければ未来はない（どのような未来であれ）とされたのは、『植木鉢小屋』であり「庭の下」である。特に前者では、帰還先に禍々しい首吊りによる自殺事件さえ埋もれていたにせよ。このように出発地点が結果的に帰還地点になっていくという点に、変容現象も極まっているはずである。「原風景」とは、この出発点にして帰還地点周辺の風景のことである。そして、それは虚実（作品世界と作家個人の世界）双方に及ぶという立場に私たちはたっている。

議論をもっと見えるかたちで言ってみよう。リベリアへの、あるいはメキシコへの艱難辛苦の旅を決行しながら、旅行者グリーンは必ずやわが幼少期を回想する。しかも両作品とも、回想への執着を示して余りある。すなわち、旅が自己発見であり、それはグリーン一人にかぎらず、誰においても永遠の真実だという一般論では収まりきれない質量を、旅行記『地図のない旅』や『掟なき道』は備えることになる。文明の及ばない原始の地の、あるいは辺境の地の風景の記録は、人類の歴史的幼少期のそれさえ遙かに眺望しながら、下っては旅行者個人の幼少期を覆っていた風景への回想で枠づけられている。ちなみに、そこに圧倒的に浮かび上がってくるものが、とりわけ『掟なき道』では、「プロローグ」で言及されている彼個人の私的色彩に色濃く覆われた原初のカトリシズム、少なくとも信仰告白的回想である。私たちは《グリーンランド》をどのように逍遥しようと、そこのカトリシズムが投げかけてくる濃淡様々な影のそばを素知らぬ顔で通り過ぎるわけにはいかない。だが言うまでもなく、そこが文学の世界であって、神学の世界でないかぎり、私たちは原風景に浮上しているものを起点として、あるいは終点として、《グリーンランド》のカトリシズムの議論をしていかざるをえない。

また最晩年の『キャプテンと敵』を一読するや、グリーンを読み継いできた読者は処女作からの反響に改めて驚くだろう。その驚きは決して小さくはないはずだ。ここのヒーローはチリのさるロマンチックな港町に行くことを願いながら頓死を強いられるのだが、そのまだ見ぬ港町の風景に、彼はひょっとして、懐かしい原風景を重ねていたのではなかったのか。

さて、グリーン去ってすでに二十一世紀に入ったいま、《グリーンランド》は新たな態度での認知を私たちに求めているのではないかと主張してみたい。つまり、その国の歴史がいわば建国者側からは閉じて、残された作品群が一つの有機的な全体像となって読み手である私たちの眼前に差し出されているかぎり、私たちは空間を見渡す眼差しをこれに向けることができるようになったはずである。読み継いできた行為には確実に時間が必要であったのだが、その時間が消費されてしまった後のことをここでは言っている。文学や音楽の時間芸術にたいして絵画や造形芸術が空間芸術であると主張したのは、かのレッシングによる『ラオコーン』であった。それにそって言うなら、読むという行為自体はもとより線状的なもの以外ではありえないが、行為終了後は俯瞰的な眼差しで《グリーンランド》を視野に納めることができるのではないかと提案してみたいのである。もちろんこのとき、この虚なる国は垂直の時間軸を消失させて年表を無化し、水平軸に位置する同時的構造体の相を示すことになる。というわけで本書は、二十一世紀初頭の二〇〇四年がたまたま作家生誕百年目に当たるということはあるにしても、なぜ再びグリーンなのかという基本的な問いにたいする私たちの答案にもなるだろう。

ところで、問題の「原風景」という言い方は、フロイトの「原光景」(primal scene)を広く敷衍した言い方として流布してきたようだ。フロイトの規定では、午睡中の幼児がふと目が覚め、隣のベッドに目撃することになった両親の愛情交歓の行為の光景にかぎっているが、私たちが考える原風景はそれを含みつつも(『ブライトン・ロック』のヒーローによって目撃されたものがその該当例である)、さらにさらに多義的である。そして、風景が空間に場所を獲得し、その結果この空間が個別化された特定の場所を取り込むことで抽象空間にはなっていないかぎり、ここにはまた場所の時間が充満している。この時間は、当然どの場所でも等しく〈クロノス〉として流れていく。ただ、その流れ方が淀むと、時間は〈カイロス〉の相を呈しだす。たとえば、本書が議論している「地下室」の少年の人生の残り時間は六十年間だが、これは〈クロノス〉に沿った言い方でしかなく、これでは少年の人生のなにものをも伝えてはこない。過失致死事件発生当夜に少年の人生の残り時間は事実上使い果たされたと読むなら、あの夜の数時間こそ六十年間を先取りする〈カイロス〉の時間(ただし不幸すぎる)であった。そして、その時間が流れ込むことによって、舞台となった大邸宅は日常空間から劇的空間へと変容する。ただし、時間も空間も、文学の世界にいったん該当させると比喩でしかないのだが。

それにしても、《グリーンランド》と言い「原風景」と言い、いわば空間用語として驚くほどの親和力で結びつく。そして、グリーン文学がさまざまな地域を舞台として取り込んで世界大の様相を呈していくたびごとに、一方で原風景がますます意識されていくのが《グリーンランド》の際だった特徴である。もちろんこのことは、六十有余年に及んだ作家境涯を毛頭否定するものではない。むしろ、生み出された成果は出発地点の周囲に広がっていた原風景を核とする有機的統一体となっているのではないか。なお、本書で議論している『おとなしいアメリカ人』では原風景が欠落している。同じことは『事件の核心』についても言えるが、欠落はいずれも作品の意匠が要請する作者の戦略によるものであろう。すなわち、ヒーローたちは第一義的に双方とも、無垢に対して経験を体現する存在でなければならない。当然、無垢と原風景は親和力で結びついている。そのための欠落となると、これは非在ではない。逆に、この欠落に誘われて、人は隠された原風景の存在様態を前景化させようとするだろう。

私たちはこのようなことを意識して、原風景に点在して視野に入ってくるものを議論しようとしている。私たちの議論が時に微視的になることはあっても、《グリーンランド》全体を俯瞰していく眼差しを欠落させたところで、立論を試みてはいない。議論の途上で多くの作品に言及していく事例があるのも、そのためである。また、グリーン文学は世紀を越えて常に読み直されていく内実と質量を備えていることは疑いえないだけに、私たちもこれにふさわしく、読み直していく際の新たな理論を看過したくはなかった。加えて、短編から目をそらしたくもなかった。このジャンルが原風景に覆われていることが多いという理由もあるが、長編小説家グリーンの筆のすさび以上の煌めきを短編群は備えて一級品の名に恥じないと、私たちは常々語り合ってきたからである。

（小幡光正）

グレアム・グリーン文学の原風景　目次

――その時空間を求めて

Ⅰ　子ども部屋の風景

その内と外

《グリーンランド》では子ども（時代）自体、圧倒的な存在感を示す。しかもそれは作家のオブセッションに色濃く覆われているだけに、底知れぬ呪縛力を秘めている。子ども（時代）のない《グリーンランド》は、それなしのディケンズの世界と変わらない。傑作『力と栄光』や大作『事件の核心』から、子どもを取り除いて、作品は成立しえただろうか。そして、その子どもたちには暴力が、恐怖が、いじめが、誘惑が、奸計が、トラウマが、夭折が襲ってくる。ちなみに、阿部がジャック・ラカンの鏡像段階論などを援用しつつ、子どもがダブルモチーフで描かれる意義を追求していくさいの当の子どもとは、他ならぬ九歳の双子。ところが、弟はかくれんぼの最中に暗闇への恐怖感が極まって絶命する。遊びと死はアントニムではなく、シノニムなのだ！　子どもの遊びを詠ったこともあるシューマンもメンデルスゾーンもムソルグスキーもラベルも、これを曲想にはしなかった。しかもこの死の予感は、当日子ども部屋で目覚めた時点で早くもはじまっている。この部屋には、西欧の絵画で描かれてきたような楽園の至福はすでに見られない。

岩崎はグリーンが幼少期を過ごした場所を現地調査し、《グリーンランド》の胚珠を確認しようとしている。子ども部屋を一歩踏み出した生活空間には緑色のラシャ張りのドアがあり、ドアを起点にこの空間も同心円的に漸次拡大して、ついに《グリーンランド》が誕生していく。同心円であるだけに、中心点は回帰点でもある。これがわが国で初めての報告になるだけに、貴重な情報となるはずである。

グリーン自身の幼少期と言えば、エッセイ「失われた幼年時代」は《グリーンランド》のための必須のガイドブックだ。それを意識して、小幡は《グリーンランド》の子どもたちの原像を求めて通時的に概観しようとする。結果的に浮かび上がるのは、子どもの無垢神話の、時には成長神話の崩壊過程であり、その流れに《グリーンランド》の子どもたちの漂う姿も見られるはずである。やはり、このエッセイの末尾で引用されている詩の一句――「ユダの失われた幼年時代に／キリストは裏切られた」――は、原風景を語って盤石の重みを持っている。

（小幡光正）

1　〈緑色のラシャ張りのドア〉現実と虚構の境界

岩崎正也

一

グリーンは、一つの逆説的な方法としてであるが、神への反逆という行為をとおして、神への信仰を描いていると言えるだろう。しかしその逆説的な表現を非宗教的な視点から捉えなおしてみることができないか。つまり彼の主人公たちの反逆と信仰の問題をカトリシズムの枠外から、幼年時代の喪失と成熟との関係の中で理解することができないだろうか。

「地下室」（一九三五）はフィリップ少年が「生」を発見するところから始まり、「死」を意識するところで終わる。

フィリップ・レインは下に降り、ラシャ張りのドアを押して、食器室を覗いたけれども、ベインズはいなかった。生まれて初めて地階に行く階段に足をかけると、またもこれが人生なのだという感じがした。[1]

両親が二週間の旅行に出かけたあと、少年は子ども部屋から緑色のラシャ張りのドアを通って、初めて執事のベインズ夫妻のいる地階に降りる。そこはイノセントな子ども部屋とは異なり、奸計に充ちた大人の住処であり、退廃的な文明の世界である。少年の「生」と「死」の領域を分ける鍵はそのドアのもつ両義性にある。少年が子ども部屋と大人の世界とを仕切る空間上のドアを往復するたびに、主人公の獲得した「生」の感覚が「死」の意識へと確実に変容していく。この点で物語が展開するに従い、ドアはたんなる空間的移動だけでなく、時間的移行をも成立させる装置として働いていることが示される。少年がドアを潜るとき、空間的な移動は可逆的だが、時間軸上の往復は成立しない。また「庭の下」(一九六三)では、ワイルディッチ少年が屋敷内の池を渡って探し当てた島の地下洞窟が、地上の日常と地下の非日常とを隔てる空間的な境目であるとともに、五十七歳になったワイルディッチの「生」と「死」、「死」から「再生」という両世界を分ける時間的な境界として記される。

小説作品の構造が作家の現実認識の論理と倫理とに支えられているとすれば、「国境」のモチーフは、グリーンが六歳のとき両親と移り住むことになったスクール・ハウスの中の私邸と講堂の境にある緑色のラシャ張りのドアにあると言うことができる。グリーンが『自伝』（一九七一）の中で、「このバーカムステッドに最初の原型があり、そこから物事が無限に再生されることになった」[2]と書いているからである。そこで筆者は実在するそのドアを境目とするスクール・ハウスとオールド・ホールとの位置関係を調査するため、一九九三年六月、二〇〇一年三月、二〇〇二年九月の三回にわたり、数日間ずつバーカムステッド・コリージャト・スクール（以下一九九六年以前の校名のバーカムステッド・スクールと記す）を取材した。

二

一九九一年四月三日、グレアム・グリーンはスイスのヴヴェーにある病院で亡くなった。八十六歳と六か月だった。臨終のベッドに付き添っていたドゥラン神父によると、死亡時刻は三日午前十一時四十分だったという。その後世界のマス・メディアは一斉にグリーンの死を報じ、作家にたいする毀誉褒貶を含む論評を送信したが、作家の故郷バーカムステッド[3]にある母校バーカムステッド・スクールでは、校長キース・ウィルキンスン司祭が四月三日、マス・メディア向けに次のような追悼記事を発表した。

グレアム・グリーン氏はバーカムステッド・スクール卒業生の中でもっとも著名な人物の一人でした。お父様が校長である頃の生徒だったことは、著作の一部で言われているようにグリーン氏にとって幸せな体験ではありませんでした。けれども氏は生涯をとおして、学校と町にたいし控え目な関係を続けてきました。しかも創立四百五十周年記念の今年、学校訪問を考えておられました。氏は最近の学校改革運動の熱心な支持者で、昨年初めて学校の図書館司書と理事の一人をお住まいのあるアンティーブに呼んでくださったのです。本日のご逝去の知らせはたいへん悲しいことです。[4]

このように最晩年になって母校訪問を考えてはいたけれども、グリーンは故郷にたいして、「憎しみと愛という異なる絆によって引き裂かれる」[5]という二重意識を生涯持ち続けたのである。しかし三十歳台に入って、この分裂した意識を統合できるようになったときから、人間の生と死との係わりを描くために、異なる二種の世界を分ける象徴的な「国境」を繰り返し表現してきた。グリーンがエッセイの中で二重意識の原風景である〈緑色のラシャ張りのドア〉について書いた文章は二つある。一つは『掟なき道』（一九三九）の「プロローグ」の中に自伝的回想として著されている。

エッセイは「十三歳の頃だったと思う」という書き出しで始まる。一人称による語り手グレアムの視線は、学校のキャンパスを天空から俯瞰し、自身が潜むクローケイの芝生の周辺を一巡する。ついでスクール・ハウス二階の北側にある母親のベッドルームに跳び、さらに窓から右下のチャペル、中等部校舎、ディーンズ・ホールに移る。そしてハウス一階にあるラシャ張りのドアを通過して、講堂と私邸との二つの世界を行き来する。

　父の書斎に接する廊下にある緑色のラシャ張りのドアを開けると、紛らわしいほどよく似た廊下に出る。それにもかかわらず、そこは異国の土地なのだ。寮母の部屋からヨードチンキの、更衣室から蒸しタオルの、あちらこちらからインクのかすかな匂いがしていた。ふたたびドアを背にして閉めると、世界は違った匂いがした。書物と果物とオーデコロンの匂い。私は両方の国の住人だった。土曜と日曜の午後にはラシャ張りのドアの片方の住人であり、平日はもう一方の住人だった。国境の上で暮らしていると不安でないということがあるだろうか。[6]

　このようにグリーンは、高等部に進級してから自我の分裂にさいなまれることになった学校と家庭との緊張関係を回想する。高等部のセント・ジョンに在籍していた「十三歳の頃」のグリーンは、ある日校内演奏会をずる休みして、クローケイ広場に隠れている。しかしはたしてグレアム少年が、ハウスに住んでいた六歳から十三歳頃までの七、八年に及ぶ時間経過と生活空間とを瞬時に意識することができただろうか。私たちは読者を幻惑させる、書き手と書かれる対象のそれぞれの意識を融合する、グリーンの技法上の戦略に注目しなければならない。この文章は、グレアムが家庭と学校の境界であるドアを潜るたびに、自身の意識の上に生じた不安な気分を示しているかのように、家庭にたいしては愛情を、学校にたいしては激しい呪詛の気持ちをほとばらせている。つまり現実の自宅からドア一枚を隔てて講堂に通ずる見取図を描いていると見せながら、じつは自我の分裂に悩まされた日常体験を比喩的に伝えている点で、作者の心象風景を表しているのだ。だから現実のモノとしてあるはずの緑色のラシャ張りのドアは、ここでは二つの世界を隔てる境界のシンボルとして用いられている、と読むのが妥当である。

ではこの心象風景をどう読み解いたらいいのか。問題は作者がクローケイ広場に潜んでいるときの年齢の前後に連続する時間と、ドアの両側に広がる生活空間とをどのように虚構化したかということである。それを解く資料として、キャンパス平面図を取り出して見たい。図1は現在のキャンパス、図2-1から図2-3はグリーンが在籍していたときのスクール・ハウス各階の平面図、図3は最初の取材時にハウスマスターだったデイヴィスンによるハウスの概念図、図4はグリーン在籍当時のキャンパス見取図である。

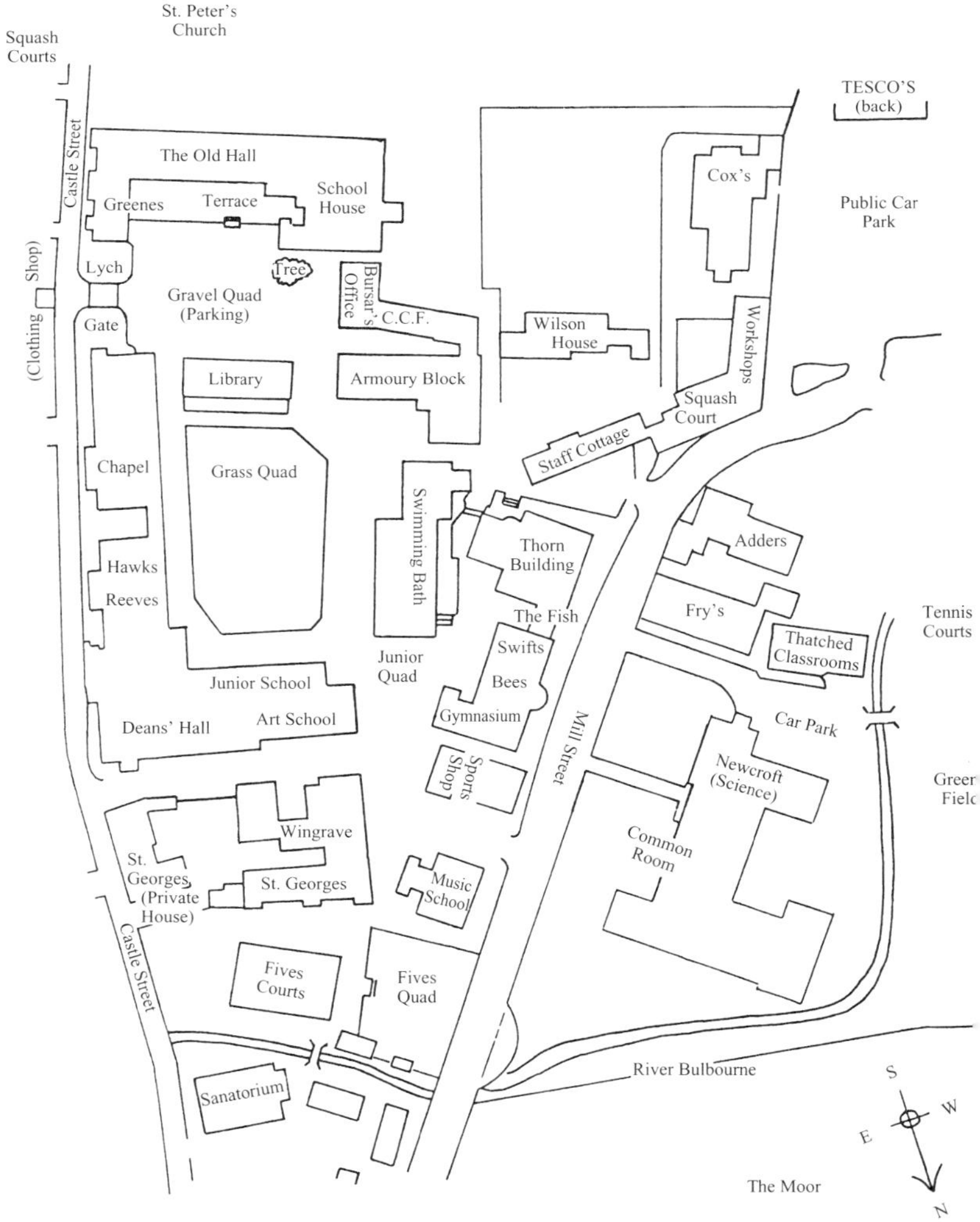

図１　現在のバーカムステッド・コリージャト・スクール

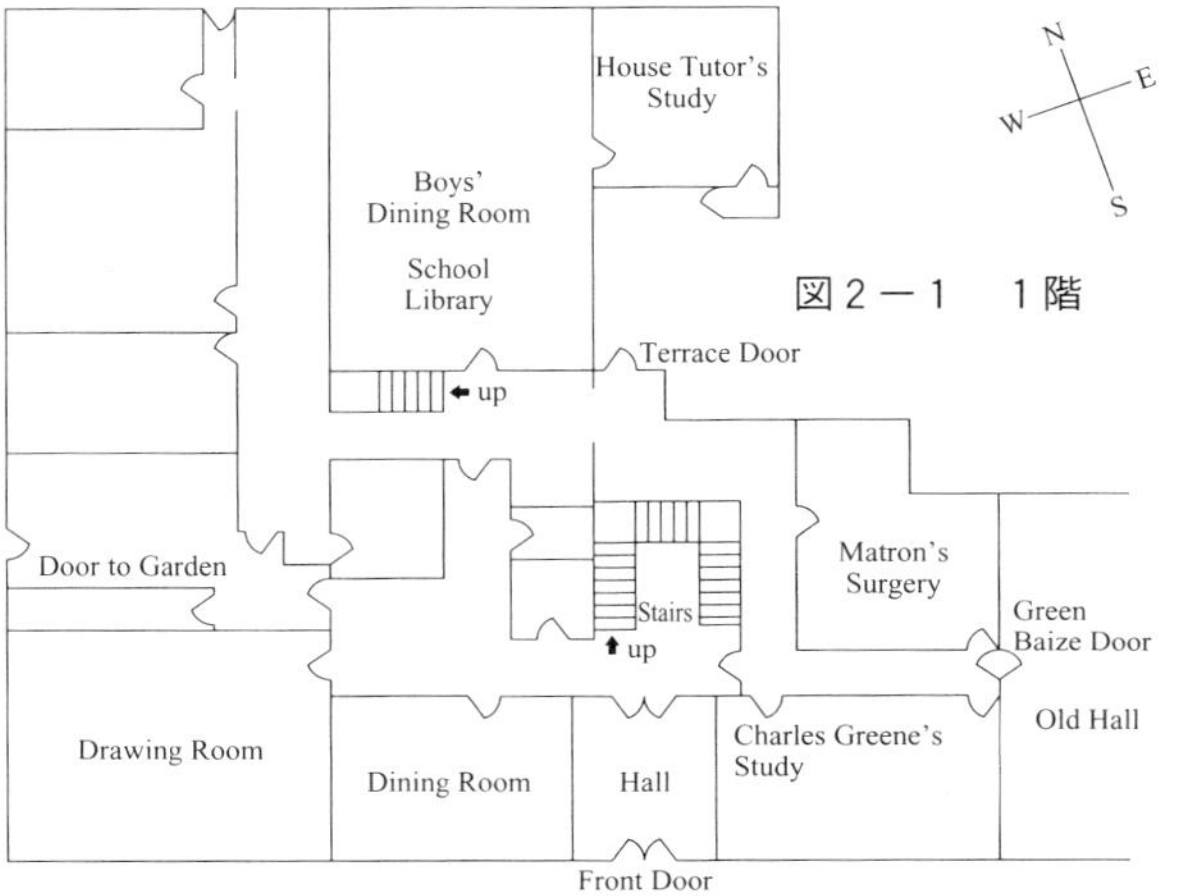
N
E
W
S
House Tutor's Study
Boys' Dining Room
School Library
up
Terrace Door
Door to Garden
Stairs
up
Matron's Surgery
Green Baize Door
Drawing Room
Dining Room
Hall
Charles Greene's Study
Old Hall
Front Door

図２－１　１階

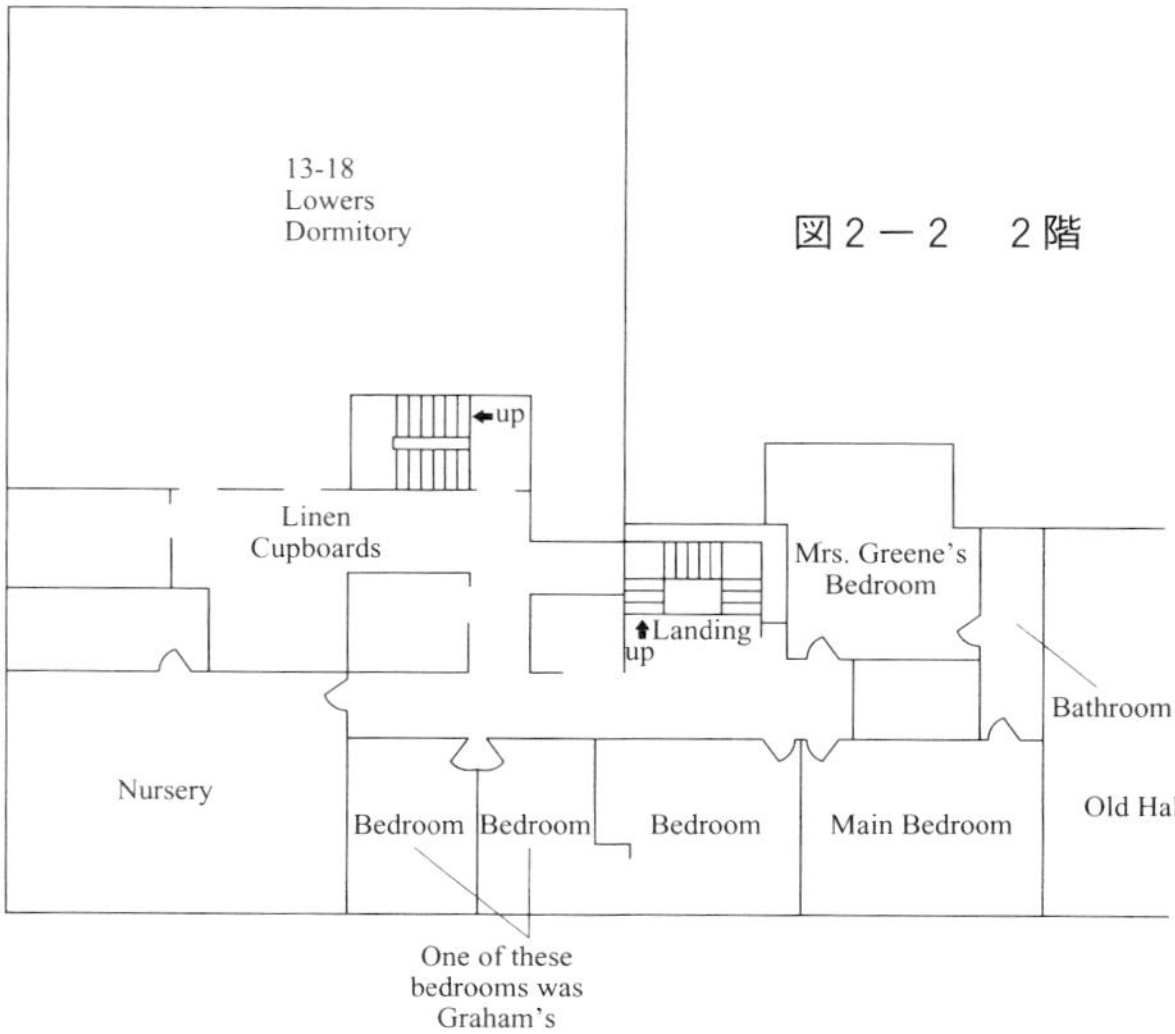
13-18
Lowers
Dormitory
up
Linen Cupboards
Mrs. Greene's Bedroom
Landing
up
Bathroom
Nursery
Bedroom
Bedroom
Bedroom
Main Bedroom
Old Hall
One of these bedrooms was Graham's

図２－２　２階

1910年代のスクール・ハウス（レイ・グレイ作製）

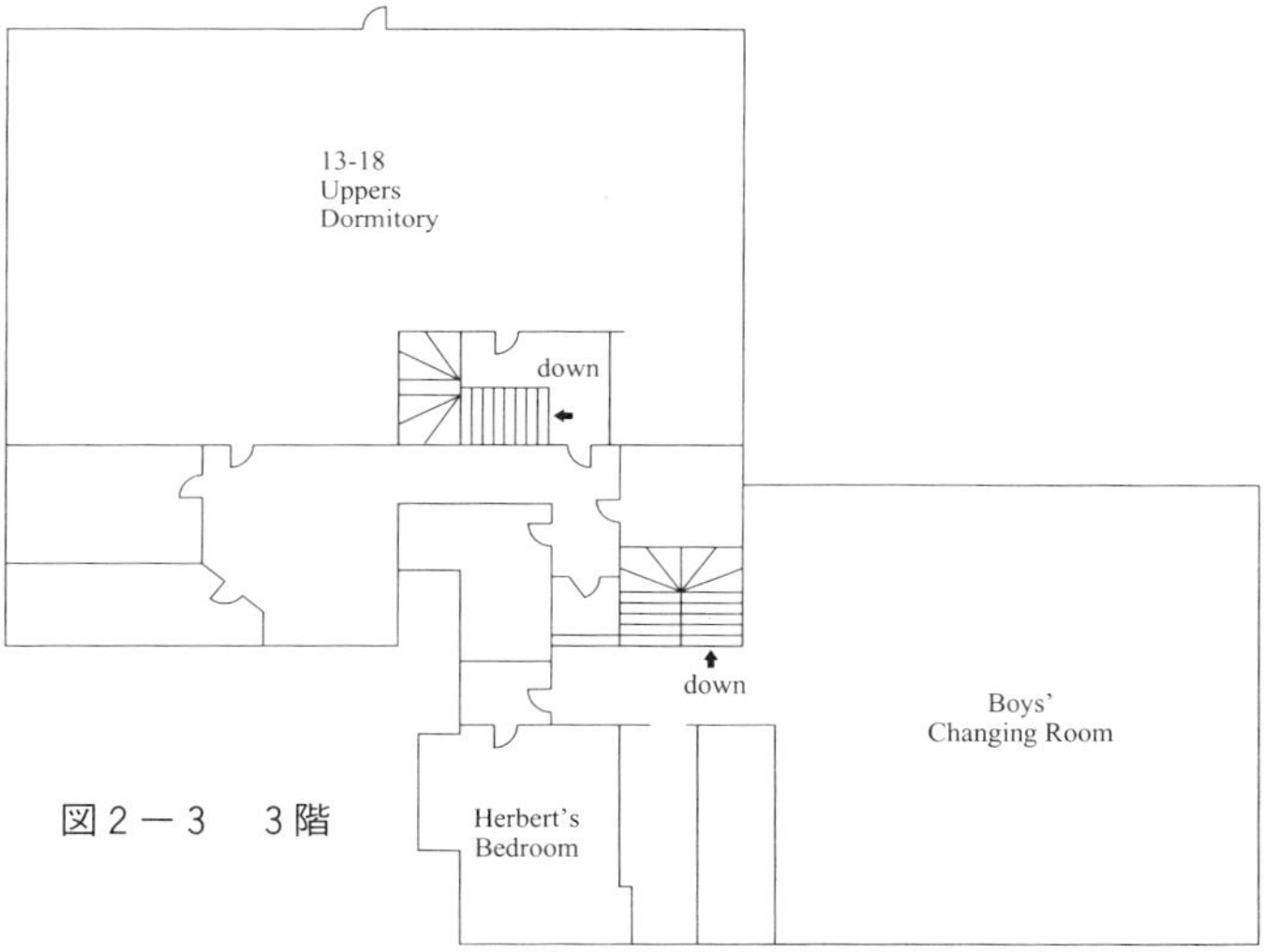
13-18
Uppers
Dormitory
down
down
Boys'
Changing Room
Herbert's
Bedroom

図２－３　３階

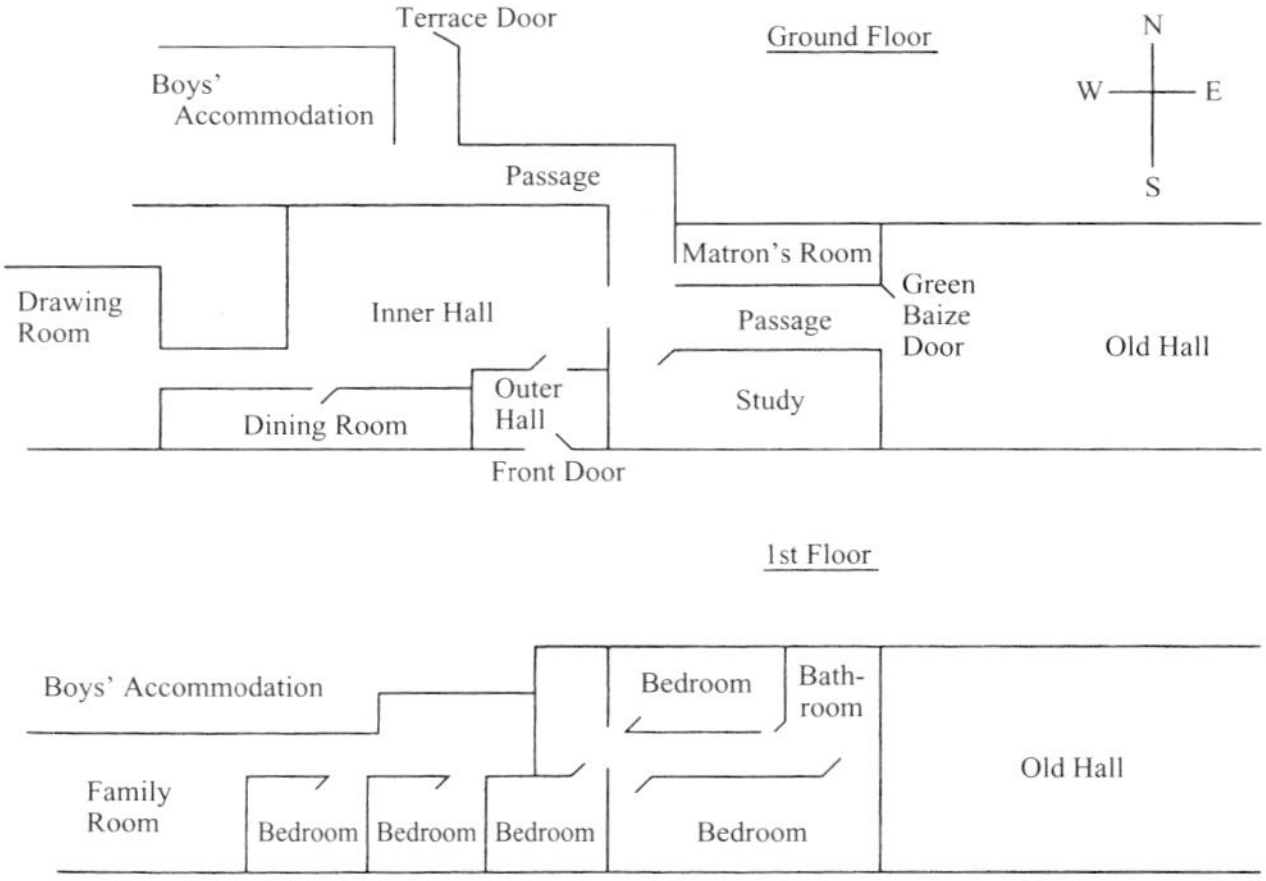
Terrace Door
Ground Floor
N
W
E
S
Boys'
Accommodation
Passage
Matron's Room
Drawing
Room
Inner Hall
Passage
Green
Baize
Door
Old Hall
Outer
Hall
Study
Dining Room
Front Door
1st Floor
Bedroom
Bath-
room
Boys' Accommodation
Old Hall
Family
Room
Bedroom
Bedroom
Bedroom
Bedroom

図３　スクール・ハウス見取り図（デイヴィスン作製）

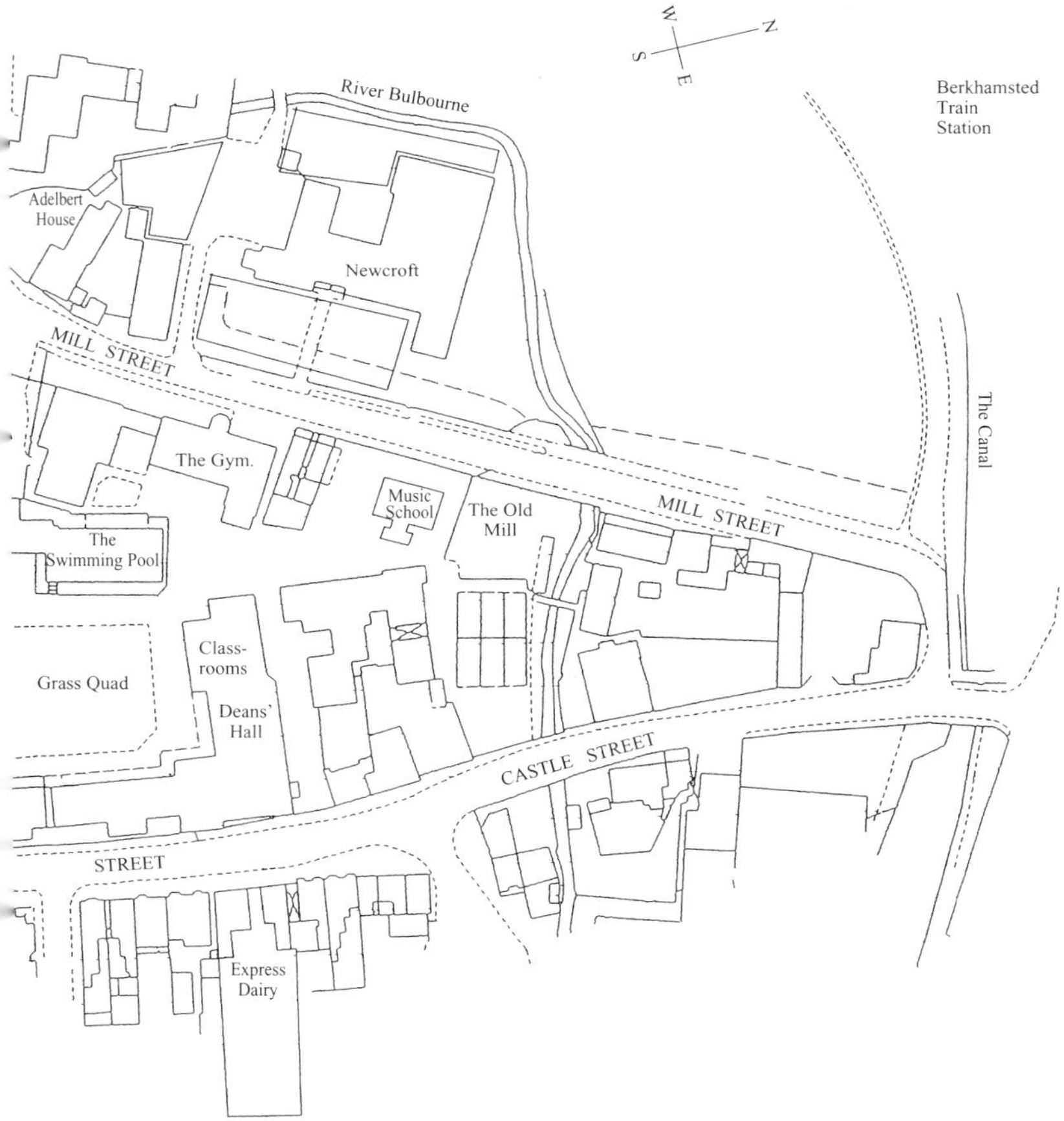

図4　グリーン在籍当時のキャンパス（レイ・グレイ作製）

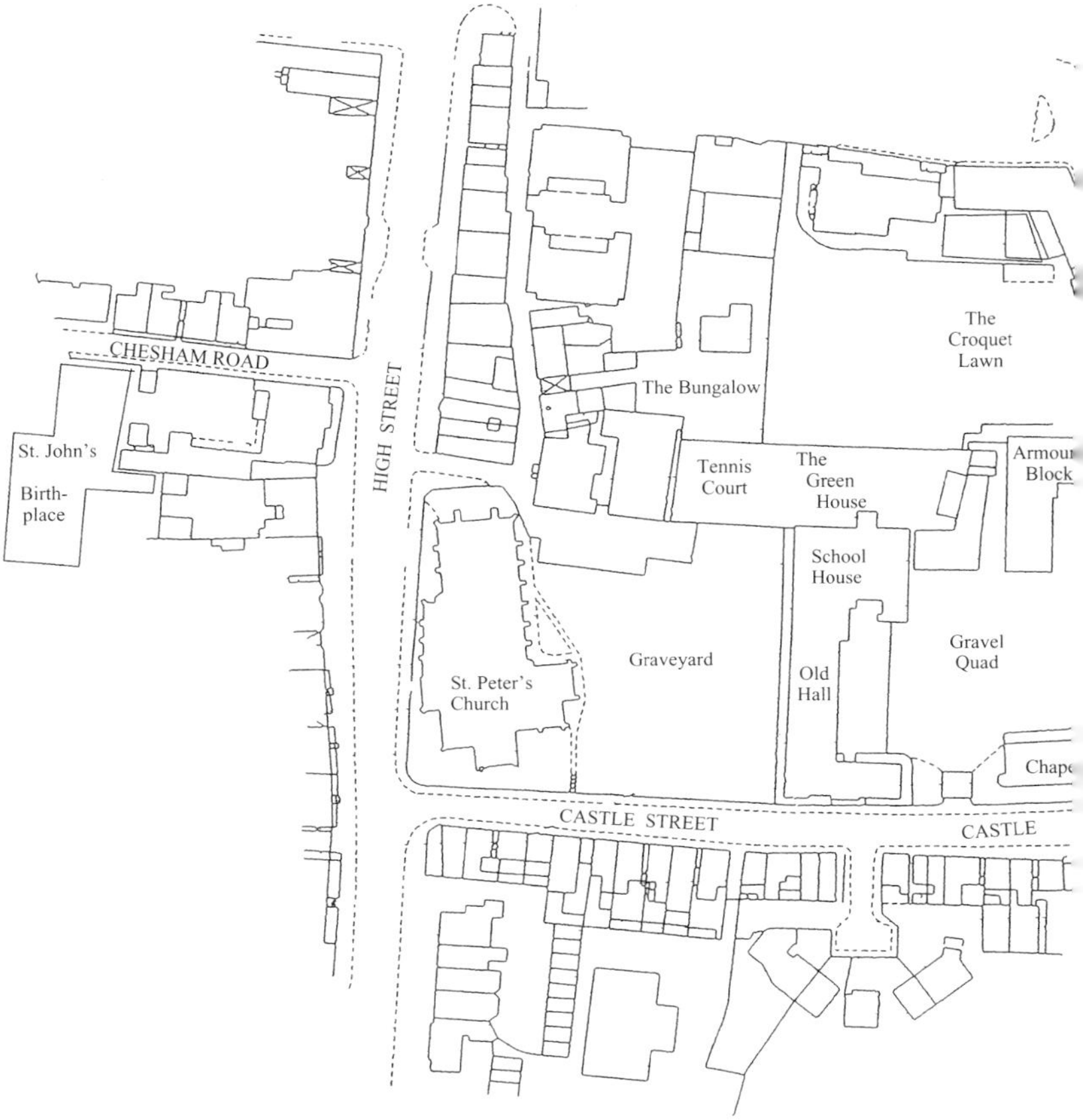

 1 〈緑色のラシャ張りのドア〉

三

図面とエッセイとを照合する前に、まずグリーンの在籍期間を公文書によって確認しておきたい。学籍簿によれば、入学は一九一二年九月三学期、満七歳の終わり頃。卒業は二二年七月二学期、満十七歳。したがって在籍期間は九年九か月から十か月に及ぶ。当時の学事暦は三学期に分かれていて、一学期が一月から三月、二学期が四月から七月、三学期が九月から十二月の期間だった。グリーンの中等部進学は一四年、九歳。高等部のセント・ジョンに進学したのは、一八年九月、十三歳のときである。

グリーンは『自伝』の中で、バーカムステッド・スクールに入学したのは八歳の誕生日前だということを二度にわたって記している。

> 私は本を読むことが初等部への入学を予告しているのではないかと恐れた（八歳の誕生日の二、三週間前にあの陰気な門を潜った）。[7]
>
> 私の誕生日は学期が始まった後の十月に来るので、八歳になる前に入学した。[8]

グリーン伝を書いたノーマン・シェリーはこれを追認して、「翌年の九月、八度目の誕生日の直前に父の書斎の向こう側にある緑色のラシャ張りのドアを通ってプレパラトリー・スクールに入学した」[9]と言う。しかし父親が提出した息子の入学願書の受理された日付は、グリーンやシェリーの記述とは異なる。

国王エドワード六世グラマースクール理事会

私は次のとおり学校法人にたいしてヘンリー・グレアム・グリーンの入学を要請します。
チャールズ・ヘンリー・グリーンの息子
バーカムステッド生まれ。十月二日で八歳、スクール・ハウスで私と同居。
私は「退学の際まる一学期前に通知しないときは一学期分の寮費（授業料と食費）を支払う」という校則に従います。
署名　C・H・グリーン
　親または後見人
職業　校長
住居　バーカムステッド　スクール・ハウス
一九一二年十月十二日
No・八二四　一九一二年十月十七日受理[10]

これは保護者である父親が、自身が務める校長職宛に出した文書である。申請と受理の日付はともに誕生日以後となっているので、筆者はこれまでグリーンもシェリーも入学の期日を間違えていたのではないかと考えてきた。この疑問にたいして、図書館司書のバーバラ・エグルズフィールドは次のように返事をよこした。

生徒は七歳から十歳までならいつでも、普通は九月学期（新学期の始まり）にプレパラトリー・スクールに入学できるといえます。これはいまでも決まっています。なぜグレアム・グリーンがプレップに八歳になって（でも八歳の誕生日を過ぎたばかりですが）入ったのかは分かりません。しかしプレップ・スクールは父親が一九一三年に創立したのですから、グリーンはもっとも早い時期の生徒だったと思います。[11]

学校沿革史は初等部が一三年の、チャールズ・ヘンリー・グリーンによる創立ということを記している。筆者は九四年十一月、アメリカのジョージタウン大学でシェリーに会ったときこの問題について尋ねたが、グリーンが八歳前に入学したという根拠は明かされなかった。そのため長い間グリーンが誕生日を過ぎて入学したということが、学校にたいする不安と拒否反応の表れであると推測してきた。

ところが二〇〇一年三月、二度目に学校を訪問したときに、疑問は解決した。長年インセンツのハウスマスターを務めたデイヴィッド・ピアスによれば、新学年が始まった直後の十月に、それまで受け付けておいた願書を事務上は一括して入学登録の手続きをするのだという。グリーンと同年の十二年九月入学生たちの学籍簿綴りを見ると、初等部から高等部までの志願者の年齢に差はあるものの、申請日はみな十二年十月十二日だった。ただ一人だけ十六日に申請して、受理が十八日という例外はある。したがって実務上入学を十月以前に認められたグレアムは九月新学期から登校していたことになる。なおグリーンの成績表は保存期限が過ぎ、廃棄されたという。

四

グレアムが母親のベッドルーム（図2-2）の窓から右下の中庭にあるディーンズ・ホール、チャペル、中等部校舎を見下ろすとき、図1によれば、図書館がその視線を遮ることになる。しかしグリーンがいた頃はこの図書館はなく、スクール・ハウスのテラスから北側の中等部校舎の所まで見通しのよい中庭が広がっていた。図書館は中庭を二分する位置に設計され、一二三年のクリスマス休暇に着工、二四年九月七日に公開された。

グリーンがメンデルスゾーンを聞きながら、クローケイ広場にいた日はいつか。年に三回発行されていた同窓会誌『バーカムステディアン』によると、グリーンが高等部にいた一八年九月から卒業する二二年七月の四年間に、校内でメンデルスゾーンが演奏されたコンサートは三回ある。二〇年十二月十四日、二一年十月一日、二二年六月（日付は不明）である。このうち土曜日に合致するのは二番目の十月一日だけであり、十二月十四日は火曜日に当たる。しかしグレアムは学校行事からの逃避行動を繰り返した結果、ケネス・リッチモンド家に精神分析治療のために預けられたが、そこから初めて母親宛に出した手紙の日付が二一年六月一日だから、問題の日の条件に該当するのは曜日の不一致を除けば、二〇年十二月十四日ということになる。シェリーは曜日に触れてはいないけれども、その日を十二月十四日と断定している。

『バーカムステディアン』には当日のプログラムが次のように記されている。[12]

（1）バーカムステディアンの「カルメン」
（2）「ヘブリディーン序曲」（メンデルスゾーン）、オーケストラ
（3）パートソング「ヘラクレイトス」（C・V・スタンフォード）、スウィフツ
（4）ピアノ独奏、A・J・ヘイ
（5）歌曲「目覚め」（グレアム・ピール）、H・ウィリアムズ
（6）パートソング「サー・エグラモア」（H・B・ガーディナー）、プレイフォードの「プレ

ズント・ミュージカル・コンパニオン」（一六八七年作）のメロディーによる。グリークラブ

（7）メヌエットとヴァイオリン三重奏曲イ長調（A・ドルメッチ）、クロナンダー、ホプキンズii、ジョーンズiii、ウェルプリ

（8）歌曲「磁石と攪拌器」（A・サリヴァン）、A・M・オルソン

（9）コーラスバラード「トバルカイン」（T・F・ダンヒル）、グリークラブ

（10）前奏曲（ヤーネフェルト）、オーケストラ

（11）ピアノ独奏曲「ロンド」（ウェロン・ヒッキン）、W・H・ゴア

（12）「アピンガム・フットボール・ソング」（P・デイヴィッド）、グリークラブ

（13）ワルツ「田園円舞曲」「ボヘミアン円舞曲」（コールリッジ＝テイラー）

（14）四十年先

（15）校歌

このプログラムには講評が添えられている。四回のオーケストラ演奏の中で、ヤーネフェルトの前奏曲は、その軽快なメロディーが聴衆の心を捉えたので、大成功を収めた。また子どもたちによるヴァイオリン三重奏は、調子が統一されていて、上出来だったと記されている。

コンサートが何時に始まり、何時に終わったかは不明である。グリーンはコンサートに無断欠席して、クローケイ広場に隠れていたのだ。その広場は今はないが、図1の、スクール・ハウスから北西の位置にあるウィルスン・ハウス（四六年以降に建設）とその周辺一帯であったことが、図4から了解される。

五

もう一つの〈緑色のラシャ張りのドア〉についての記述は『自伝』の中にある。

校舎は父の書斎の向こうにある緑色のラシャ張りのドアを通り過ぎたところから始まる。廊下は休日に私たちが遊ぶことのできる古いホールに通じ、もう一方の廊下は寮母の部屋とテラスに続いていた。[13]

これは六十七歳を過ぎ、すでに自我の分裂を克服していた作者の冷静な理性により、なんの感情も交えずに記されている。一方、六歳年下の弟ヒュー・グリーンの伝記作家マイケル・トレイシーはラシャ張りのドアについて次のように書いている。

スクール・ハウス自体は二つの区画に分かれていた。私邸側ではヒューや兄弟姉妹たちが両親と暮らしていて、両親の愛情がどちらかといえば遠回しで、ときどきサディスティックになるメイドがいたにもかかわらず、少しは満足を味わうことができた。一階のチャールズ・グリーンの書斎を越えて、狭くて天井が低く暗い石の廊下の端にある、緑色のラシャ張りのドアは両方の世界を隔てる国境地帯だった。ヒューはドアの私邸側にいるときはほぼ安心していられたが、そこを通過するといつも、その気分がすり抜けて嫌悪を感じたり、憂鬱になったりした。[14]

第三者によるこの客観的な記述は図2の一階部分に合致し、自伝のグリーンによる表現にも酷似している。だから「ヒュー」を「グレアム」に置き換えれば、そこから「プロローグ」のドアについての記述を想わせる、グリーンの幼年期を形成する愛と憎しみの世界が現れる。ヒュー・グリーン伝出版の四年後、筆者が初めてラシャ張りのドアを見たときの印象はこうである。

一九九三年六月、六日にわたりバーカムステッド・スクールを取材する許可を取り、筆者は初日に十六世紀創立当初のスクール・ハウスに出かけた。ハウスマスターのジョン・デイヴィスン氏に案内されて行くと、グリーンの父が使っていた書斎の脇の通路と講堂のひっそりとした境目に、骨董品のようにドアはあった。トレイシーが見て書いた当時の「暗い石の廊下」はすでに明るい色のリノリウムに改修されていたため、ラシャ張りの一部が剥がれ落ち、木目が露われて黒ずんだ「緑色のラシャ張りのドア」は、近代的な内装を施された天井、側壁、床面の明るさとはまったく調和しない佇まいを示していた。[15]

筆者は一回目の調査後、ハウスマスターから手書きのハウス内の見取図（図3）といくつかの疑問にたいする回答を受け取った。デイヴィスンはこの図面の裏に、「これはグリーンが知っていたと思われる見取図を描いたものだ」と記している。自伝の記述は明らかに図3の一階図面の、書斎とドアとホールの三者の位置関係と一致する。だがこの記述が実際の配置に合うかとの筆者の問いにたいし、ハウスマスターは「私はグリーンが書斎のドアの外側にある、互いに直角に伸びている二本の通路のことを言っていると考える。一方はテラスとかつての寮母室に達している」と回答の中で図面との一致を肯定する。

さらに「プロローグ」のドアの記述は現実の配置とどう異なるのか。デイヴィスンは「グリーンの記述は現在の見取図に合わない。書斎のすぐ右手の所に別の緑色のラシャ張りのドアがあった可能性がある。けれども私の考えからすると、これは妥当ではない。彼の記憶が間違っていたと思う。細部が、家庭と学校とを隔てる象徴的な境界についての主要な点に影響を与えているわけではない」と述べて、このドアの描写が境界の象徴化を意図したものだと示唆している。

当時の間取りを再現した図2-1の父の書斎には、廊下に面した二か所の隅に入口がある。現在使われているのは、左手のドアであり、右側は廊下の壁に固定され、中に入ると、元のドアには壁面と同じベージュ色のペンキが塗ってあり、そのかすかな輪郭によりドアの形が識別できる。当時ドアが二か所にあったとしても、「プロローグ」に示された〈緑色のラシャ張りのドア〉は現実の再現ではなく、「国境」の隠喩として用いられている。したがって十六歳のグリーンがクローケイ広場に隠れていたときに実際に感じたのは、自我の分裂の意識であり、家庭と学校にたいする二分された忠誠心の葛藤であったはずだ。

「プロローグ」の記述ではドアのこちら側（図2-1の西側）が家庭であり、向こう側が異国であるというように、ドアを境目にして生活空間は「内」と「外」とに二分されている。しかし図2-1では向こう側にオールド・ホールという学校の講堂があるけれども、ヨードチンキの匂いが漂う寮母室はじつは一階のドアのこちら側にあり、蒸しタオルの匂う更衣室も三階の東側（図2-3）にある。つまり私邸は全体が家族の住む領域ではなく、そこには学校運営の機能を果たす生徒のための部屋がいくつもあった。

シェリーは「プロローグ」の「父の書斎に接する廊下にある緑色のラシャ張りのドアを開けると、紛らわしいほどよく似た別の廊下に出る。それにもかかわらずそこは異国の土地なのだ」という言説を次のように解釈している。「異国の土地は、シベリウス交響曲の陰鬱な主旋律のように繰り返され、そのたびに強く演奏されることになった。異国の土地という意識をグリーンはしだいに強くもつようになった。異国の土地とは、以前彼が誕生日にケーキの一切れを、贈物として携えて行った寮母の部屋も含まれるが、また古いホール、つまり初期の校舎や、彼と弟ヒューが大きなテーブルを寄せ合って、H・G・ウェルズの『陣取りゲーム』(一九一三)に基づく手のこんだ戦争ゲームをして遊んだ校内食堂や、自由に本を手に取って読むことができた図書室もその範囲に含まれていた」[16]と述べて、グリーンの意識の中にある異国の例を四つ挙げている。

そのうちの食堂や図書室は図2-1の一階の私邸側にあり、二、三階の寮生たちの部屋も私邸内の異国だった。またハウスの外にある異国には、朝の礼拝が行われるディーンズ・ホールがあり、さらに町のハイ・ストリートの南側にはグリーンにたいして「追われる」意識を刻みつけたセント・ジョンというハウスがあった。「プロローグ」の「土曜と日曜の午後にはラシャ張りのドアの片方の住人であり、平日はもう一方の住人だった」という記述は、グリーンが一八年九月、自宅通学を終え、セント・ジョンに寮生として入った十三歳以後の体験を描いている。

それ以前とは異なり、寮生のグリーンは土曜ごとに寮から自宅に戻るのにラシャ張りのドアを通る必要はなくなった。ハイ・ストリートから左折して、カースル・ストリートを下り、セント・ピーター教会の裏手にある墓地と、赤煉瓦のチューダー朝のホールとの間の低い小道を通って、スクール・ハウスの玄関を潜ればよかったからである。このようにグリーンの生活空間はドアによって家庭という「内」と学校という「外」とに截然と二分されていたのではない。ハウスマスターの家族はキャンパスの中のハウスに住んでいるため、客観的には学校の一部として私邸があると言うべきだが、生活空間の範囲が限られていた幼少年期のグレアムにとっては、ハウスはラシャ張りのドアにより自宅である「内」と「外」とに二分されてはいるが、自宅の領域はさらに「内」と「内なる外」という二重構造から成り立っていたのである。したがってグリーンは入学の前後から明らかに「外」によって「内」が限りなく侵食されていくという意識を抱くようになったのだ。高等部の寮生になって、グリーンの行動半径がスクール・ハウスからセント・ジョン（筆者が歩いて五分の距離）へと広がったために、日常の国境線は緑色のラシャ張りのドアから屋外のクローケイの芝生へ移動したのだ。

六

グリーンの「国境」の風景を理解するのに鏡のイメージを持ち出してみよう。人はある距離をおいて鏡を見ると、すぐその中の映像によって見られていることを意識する。そのとき、「私」である向こう側の映像はこちら側の主体から独立した他者に変容する。つまり鏡をたんに生理的に「見る」という最初の行為が、自己が対象によって見られていることを知るというように変わるとき、「見る」意味も変わる。「見る」主体と「見られる」対象とが限りなく接近するだけでなく、「見る」意識と「見られる」意識とがほとんど等しくなり、しかも両者の間に可逆的な関係が成り立つからである。

そして　ぼくはぼくの鏡のなかに降りる
死者がその開かれた墓に降りていくように[17]

じぶんの鏡でゆたかになった瞳の
色っぽい女　美女　装った女はいったいどこにいるのか[18]

エリュアールの視線は鏡面を通過するとき、「鏡のなか」に他者を捉える。「鏡のなか」とは主体と鏡面を隔てる空間のことではない。ひとまず想像力によって見られる、こちら側にある現実の空間とまるで対称であるかのように近似する空間と言えるだろう。しかし人は鏡面を越えて「鏡のなか」へ入ることはできない。したがってそこから文学的な想像力をとおして鏡の魅惑と恐怖が生まれるのだ。

「鏡のなか」に入り込む恐怖をモチーフとして戯曲を書いた作家に清水邦夫がいる。『火のようにさみしい姉がいて』（一九七八）の第三場で、理髪店を訪れた男とその妻とは、まるで「鏡のなか」にあるかのような故郷の村人たちに出会う。「バスは三年前にやめになった」[19]と〈べにや〉により語られた（＝騙られた）とき、男と妻が脱出の手段を奪われたために、理髪店は現実の世界から冥界に通ずる場に変貌する。なぜならそこは男が第一場の鏡の中に幻としてみた理髪店との微妙な同一性を保つ故郷だからである。ぐるぐる回る三色の看板、客の顔を剃る女主人、皮砥で剃刀を研ぎながら歌う見習いの若い娘。この風景が鏡の中にＢＡＲＢＥＲ「中ノ郷」のイメージとして現れる。繰り返される「姉」の挑発により、男はシーちゃんと呼ばれた弟である自己の存在と、弟として演技する自己の役割とが限りなく重なり合うのを意識する。つまり、他人であるはずの女と自己との間にある「姉」「弟」という選択的であるべき恣意的関係が、演技をとおして姉と弟の必然的な先天的関係に転化するのを拒絶できなくなったために恐怖に陥る。

冥界に落ちることの恐怖、それは疑似故郷に入り込んだために、姉弟の関係に陥ることの恐怖なのだ。この戯曲では、男が自己の意思により姉弟の関係を作りだすのではなく、逆に「中ノ郷」の女が男を挑発して、その関係を強要するのだ。主人公にとって、自分が鏡の中に落ちるのではなく、イメージが境界を跳び越えて現実の空間に侵入してくることが恐怖なのだ。

この双方向性をもつ恐怖がグリーンのドアの両義性にある。十三歳のとき、セント・ジョンに入るまでは、スクール・ハウスの生活は少なくとも孤独ではなく、仲間意識と愛情を感じさせるものだった。マリー＝フランソワーズ・アランにたいしグリーンは、「幸福な状態だ。少年時代は十三歳まではきわめて平穏だった。家庭から寮に送り出されるまでは」[20]と言う。

清水が鏡を隔てた両世界について限りない同一性を強調するのにたいし、グリーンは逆に第一作の『内なる人』（一九二九）の執筆以来、国境を挟む両者の間にある異質性を追求してきた。『掟なき道』の「プロローグ」にあるドアの記述は、表層的にはもちろんグリーンが国境の向こうにこちら側との差異を感じて、不安に陥ることを示している。しかし現実生活の中でグリーンがそれを具体的に意識し始めたのは、十三歳のとき高等部に入ってからのことである。それ以前のグリーンにとっては逆に、同一性への恐怖、つまり「紛らわしいほどよく似た」異国から国境を越えて侵入してくる様々なイメージにたいする恐怖が不安の実体だったのだ。グリーンは鳥やコウモリにたいする恐怖感を母から受け継いだため、大人になっても羽毛の感触が嫌いだった。また寝る時間になると、火災にたいする恐怖と家族から見放されるという孤独感から、グリーンはテディ・ベアを床に放り出し、乳母に拾ってくれと叫び、乳母がやってくると安心して眠ることができた。このようにスクール・ハウスの中で体験された日常の時間は、『掟なき道』の「プロローグ」の中で、書かれたグリーンの意識をとおして虚構化され、さらに小説作品群の中ではグリーンの現実認識を付託された登場人物たちの意識と無意識をとおして虚構化されていくのである。

＊本稿は過去三回のバーカムステッド・コリージャト・スクールでの取材と調査に基づいたものである。協力をいただいた学校関係者の方々に感謝したい。

注

1 Graham Greene, *Twenty-One Stories* (London: Heinemann, 1954) 1-2.
2 Greene, *A Sort of Life* (London: Bodley Head, 1971) 12.
3 グリーンが生まれてから十七年間を過ごしたバーカムステッドはロンドンの二十六マイル北西にある、人口約一万六千五百人の小さな町である。その中心部を南東から北西にかけて貫く幹線道路A四五一一がハイ・ストリートである。これと平行してすぐ北側をグランド・ユニオン・キャナルという運河が流れ、さらにその北にはイギリス鉄道ロンドン―グラスゴー線が町並みと並走する。互いに平行するハイ・ストリートから鉄道までの直線距離は約四百メートルあり、学校の裏手にはバーカムステッド駅がある。ロンドンのユーストン、バーカムステッド間は特急により三十五分で結ばれている。
4 一九九一年四月三日、キース・ウィルキンスン校長がマスメディア向けに発表した追悼記事。
5 Greene, *The Lawless Roads* (1939; London: Bodley Head, 1978) 2.
6 Greene, *The Lawless Roads* 1-2.
7 Greene, *A Sort of Life* 23.
8 Greene, *A Sort of Life* 61.
9 Norman Sherry, *The Life of Graham Greene: Volume One 1904-1939* (London: Jonathan Cape, 1980) 16.
10 一九九三年の調査のとき図書館司書バーバラ・エグルズフィールド氏から原本のコピーを提供された。
11 エグルズフィールド氏から筆者宛の一九九三年十一月九日付書簡。

12 Berkhamsted School, *The Berkhamstedian* No. 219 (March 1922) 21-22.

13 Greene, *A Sort of Life* 60-61.

14 Michael Tracey, *A Variety of Lives* (London: Bodley Head, 1989) 8-9.

15 岩崎正也「隠喩としてのラシャ張りのドア――グレアム・グリーンの『国境』」『長野大学紀要』第十九巻第四号』（長野大学　二〇〇二）二ページ。

16 Sherry 16.

17 宮川淳『鏡・空間・イマージュ』（水声社　一九九一）九ページ。

18 ポール・エリュアール　高村智編訳『ゆたかな瞳』（勁草書房　一九八六）三三〇ページ。

19 清水邦夫『火のようにさみしい姉がいて』（『清水邦夫全仕事　1958~1980 下』）河出書房新社　一九九二）二四六ページ。

20 Marie-Françoise Allan, ed., *The Other Man: Conversations With Graham Greene* (London: Bodley Head, 1983) 34.

2 鏡の国の子どもたち 「パーティーの終わり」の双子

阿部曜子

序

分身、引き裂かれた自己、あるいはもう一人の自分というモチーフ、いわゆる、ダブル・モチーフ[1]は、これまで多くの作家達の想像力をかき立て、彼らを大いに魅了してきた。それはこのモチーフが、「自己」と「自己ならざるもの」の狭間から「自己」を照射したり、自己同一性や自己の他者性を問うという、いわば人間存在の本質に根ざすテーマにつながるためであろう。
ジョン・ハードマンは、ダブルのモチーフやイメージの最盛期は十九世紀であると述べる。[2]
時代の代弁者カーライルが「あらゆるものが二つの顔を持っているというのは本当である。光の顔と闇の顔を」[3]と言ったように、様々なものの中に二重性（dualism）が見出され始めた世紀であった。ホフマン、シャミッソー等のドイツ・ロマン派を中心に、ドストエフスキーやモーパッサン、アンデルセンもこのモチーフを手がけてきたし、英米文学においても、メアリー・シェリーの『フランケンシュタイン』（一八一八）、エドガー・アラン・ポーの「ウィリアム・ウィルソン」（一八三九）、ロバート・ルイス・スティーヴンソンの『ジキル博士とハイド氏』（一八八六）、オスカー・ワイルドの『ドリアン・グレイの肖像』（一八九一）等とダブルが登場するフィクションは少なくない。ところでここで我々が看過してはならないのは「ダブルのモチーフは十九世紀末に衰退の道をたどり始めるが、今世紀には形を変え生き残ったものが、また違った物語を生み出している」[4]というハードマンの暗示的な発言である。確かに、二十世紀初めのモダニズムを経て変化は見せているものの、ジョン・バースやマーティン・エイミス、ウラジミール・ナボコフ等の中・短編の中に、静かに脈打っているダブルの存在を感じとることができる。[5]

『第十の男』（一九八五）の中で「この世のどこかにすべての人のダブルが存在するという言い伝えがある」[6]と記したグレアム・グリーンも、幾多の作品でダブルのモチーフによる人間探究を試みてきた二十世紀の作家の一人である。作品だけではない。彼自身、その人生において、自らの中に潜む「もう一人の自分」を追い続け、同時に、終生、己の分身からの逃亡を企ててきたとも言える。イギリス情報部に所属したり、アフリカ奥地に分け入ったりとその数奇な生き様は、グリーン自身の自叙伝とともに、本人亡き後の最近のグリーン研究に詳しいところである。[7] ところで、グリーンはこのような自らの人生を振り返って綴った『自伝』（一九七一）のエピグラフにキェルケゴールの次のような言葉を取り上げている。

人はかつて自分がいたところに戻ってはいけないと言えるのは、盗賊とジプシーだけである。（Only robbers and gypsies say that one must never return where one has once been.）[8]

人は誰しもその人生において立ち返るべき場所、風景を心に抱いていると、まるで自らに言い聞かせるように、あるいは過去を振り返ることを自らに許すように、キェルケゴールの残したこの言葉を引いて、老境に差し掛かったグリーンが度々戻っていった場所が、幼年時代の中に多くあったことは今さら述べるまでもない。その意味においてグリーン文学の原点は、まさに子ども部屋という空間にあるとも言えよう。

そこで、本稿では子どもの世界のダブル・モチーフに光を当てることにより、どのようなグリーンの世界が見えてくるかを、双子を主人公とする短編「パーティーの終わり」（一九三二）をとり上げ論考してみたい。一般に文学におけるダブルの研究には、精神分析を初めとする諸科学・諸思想からの自由な往来の中での鋭い考察が多く、たとえば前述のハードマンは宗教や道徳との交錯の中にユングの〈影〉(shadow)の概念を導入しており、[9] カール・ミラーはジャック・デリダやジャック・ラカンの思想の中に今後の解明の糸口を示しているが、[10] 本稿でも精神分析の先達からの援用を受けつつ、双子であることから見えてくるものは何か、また自己を語る文学的手法(literary device for self-representation)としてのダブルについて、考察を試みるつもりである。

一

ピーターとフランシスのモートン兄弟は一卵性の双生児であり、彼らの相似性・同一性は、雨が窓を打つ夜明けに目を覚ました兄のピーターが、隣のベッドの弟の寝顔をまじまじと見つめるというオープニングのシーンにより、克明に刻まれていく。

ピーター・モートンは夜明けの光の中で目を覚ました。雨が窓ガラスを打ちつけていた。その日は一月五日だった。

ピーターは、ろうそくが溶けて水の中に流れ込んだ燭台を載せたテーブル越しに、もうひとつのベッドを見た。弟のフランシスはまだ眠っていたので、ピーターは弟のほうを見つめながら再び横になった。自分が見つめているのは弟ではなく、自分自身だと想像すると楽しくなってきた。同じ髪の毛、同じ眼、同じ唇にあごのライン。[11]

自分とそっくりの兄弟をじっと見つめている一人の少年。「同じ」(the same)の繰り返しの中で、読者はどうやら二人が双生児らしいことに気づかされる。ここを読む我々も「同じ」髪の毛、眼、唇に顔の輪郭……と順次想定しながら、ピーターの視線に自らのそれを重ね合わせてみる時、ピーターとともに、他者の中に自己像を見るということの想像上の経験をし、かすかな戸惑いと不安を覚えるかもしれない。二つのベッドの間にある燃え尽きたろうそくの燭台が置かれたナイト・テーブル、その僅かな間隙の存在が、二人が一つであるように見えながらも、あくまでも別個の存在者であることを、静かに示しているかのようである。簡潔にして極めて印象的な導入である。

そして、いきなり最初のパラフラフに効果的に埋められた一月五日、それは公現祭のパーティーが催される日であった。そのことを思い出したピーターは胸の動悸を覚え、まるで「部屋中が暗くなって、大きな鳥が舞い降りてきたかのように」(五五一)感じる。[12]そのままそっと弟の寝顔を見守っていた兄は、弟が不吉な夢を見ているのだと悟る(実際フランシスは自分が死ぬ夢を見ていたし、それは正夢となる)。これまでの数々の経験から、彼は弟の抱く強い感情を自分のもののように感じることができたし、感受性の人一倍強い弟を、兄として守ってやらねばならないという自分の使命を、直観的に感じとってもいた。[13]

これまでの経験から、ピーターは二人の心がどれほどお互いに映し合うかを知っていた。しかし、彼はフランシスより年上だった。ほんの数分の差であるが、それは弟がまだ闇の中で苦しんでいる間に、彼がそれだけ余分に光を受けた時間の違いでもあった。このため、兄は人生に対して自信を持ち、またいろいろなものに恐怖を抱く弟をかばってやりたいと本能的に感じていた。(五五一―五二)

二人の誕生の時、兄が一足先にこの世に出て光を受けていた間に、まだ弟が苦しんでいた闇(darkness)は言うまでもなく、母親の胎内である。[14] この出生時に受けた光の差、あるいは闇の差が、兄には旺盛な独立心と、弟を守るという本能にも似た義務感を持たせ、一方、弟には暗闇に対する強迫観念に近いまでの恐怖感を抱かせるようになったようである。

眼を覚ました弟と兄は見つめ合う。それはちょうどお互いに相手を鏡にして自分の姿を映し出しているようなものであった。自分が見ている少年像は、お互いに相手の瞳の中に映ずる自己像でもある。交される視線が沈黙の中のものであることが、容姿の類似だけでなく、二人の心もまた共鳴し重なりあっていることを、言葉以上に物語っている。今度は「同じ」（the same）の後に具体的な表情が伴う。

二人はお互いの方を向きながら横になっていた。同じ緑色の瞳、同じつんと上を向いた鼻、同じ堅く引き締まった唇、同じ少し大人びたあごの輪郭。（五五二）

やがて兄弟はそれぞれの思いがともにパーティーにあることを悟る。「僕はパーティーに行きたくない」、「じゃあ、行っちゃいけないよ」（五五二）。弟はどうしてもパーティーに行きたくなかったし、兄はそんな弟を何とかして救ってやりたかった。なぜなら、弟フランシスには思い出すと今でも頬を染めたくなるような「恥ずかしい思い出」（五五三）があったし、何よりも今年のパーティーで催されるかくれんぼ（game of hide and seek）が怖くて、一人きりで暗闇の中に隠れることを思うとぞっとしたのである。暗黒の世界は彼を不安に陥れるばかりか、彼の全存在を脅かすに足るものであった。フランシスが抱くような神経症的な恐怖症の場合、恐怖の対象そのものが直接不安を喚起するのではなく、それが何か他のものの象徴となっているために不安になるということが多い。[15] フランシスの恐れる暗所、閉鎖的な狭い空間、これが象徴するものはやはり母の胎内であろう。フランシスの暗闇恐怖症は母胎退行（回帰）と深いところでつながっているのではないか。それは強烈な子宮回帰願望の裏返しとしての子宮脱出願望ともとれるが、兄との強い結びつきを考えるなら、一人で母胎（暗闇）に身を置くことへの不安や拒否とみなす方が自然であろう。実際に胎児の時は母の中でずっと兄ピーターといっしょだったのに、今度はたった一人で暗闇の中にいなければならない。それはフランシスにとって耐え難いことだった。フランシスの暗所恐怖症は、自分が生き続けるのに必要不可欠だと信じているもの（ピーター）から引き離されることへの不安、いわゆる分離不安に基づいている。

フランシスは気分の悪い原因が、パーティーに対する恐怖であることがわかっていた。それは暗闇の中で、ピーターも傍にいず、暗闇をやぶる終夜燈もない暗闇の中で一人きりで隠れなければならないという恐怖であった。（五五三）

「……僕は行かない。暗闇が怖いから」（五五五）と、心の中で悲痛な叫び声をあげながらも、彼の心を覗いてくれようとしない母や乳母の前では、フランシスは何も言うことができない。

さて、これまでの中で徐々に浮かび上がってくるのは兄ピーターのダブルとしてのフランシス像である。いつも何かに怯え、おどおどしていて、依頼心が強く、時には卑屈ですらあるフランシスは、ピーターのもう一つの側面、ダーク・サイドとしてとらえることができる。例えば、ジキル博士の内に潜んでいた「本能的な性質」(instinctual nature)[16]がハイド氏に凝縮され具象化されたように、ピーターが無意識の層の奥深い所に沈めてしまった、自らも認めたくない、拒否してしまいたい部分(自分でも覗くことを躊躇してしまうような心の深淵であったり、どろどろとした欲望やどうしようもないほどの衝動の渦巻く場であったりもする)、それが弟フランシスとして描かれているという読みも可能である。

ここでユングの提唱したアーキタイプの一つとしての〈影〉が思い起こされる。それは、人格形成の段階で、自我によって受け入れられず、無意識下で抑圧され、時には切り捨てられてしまったり、他人の中に投影されることもある下位人格、部分人格である。できることなら隠しておきたいパーソナリティの負の側面であるこの〈影〉は、意識的自我に拒否されてもなお、したたかに生き続ける。自我の支配下を巧妙にすり抜け、地下に潜行し、まるで影武者の如く静かに控えている。意識としての自我が懸命に隠そうとしたり(ワイルドが描いたドリアン・グレイが自分の醜い肖像画を懸命に隠そうとしたように)、否定したり、無視しようとどんなに骨折ったとしても、〈影〉は我々の後をついてきて、時にはここにいるぞとばかりにその存在を主張したりもする。ポーの「ウィリアム・ウィルソン」の主人公が自分にそっくりの男に執拗に追われ続け、遂に不正を暴露されたことが思い出されよう。まさにユングの言うように「個人の意識的な生活の中で影が姿を潜めれば潜めるほどますます影は濃くなる」[17]ということになるのである。ところが厄介なことに〈影〉なしで生きることもできない。その存在に気づくか気づかないかの違いはあるにしても、我々は皆、〈影〉から逃れられない運命にあるのだ。[18]この双子達が「理性的で現実的なピーター」と「感情に支配され幻想に怯えるフランシス」というように対称的な性格で描かれ、[19]弟の恐怖によって二人の結びつきが強められ、離れられなくなる関係が作られていく過程が示されるほどに、兄ピーターの〈影〉としてのフランシスの姿が、くっきりと浮かび上がってくるのである。

二

R・A・ピアルートはグリーンの作品に登場する人物達を精神分析的立場から論じる興味深い論考の中で、モートン兄弟について「ピーターとフランシスの特異な鏡像関係（mirror-image relationship）が二人の考えていることを通して表現されている」[20]と鋭く見抜いている。双子の彼らがまるで鏡に自分の姿を映し出すように相手を眺める箇所は、既に二つ採り上げてきたが、このピーターとフランシスの鏡像関係について、ジャック・ラカンの「鏡像段階論」[21]の援用を受けつつ、さらに詳しい考察を試みてみたい。

ラカンによると幼児はその神経系の未成熟さのため、内面的な自己統一像を有していない。ところが鏡の前に立つという経験によって初めて（内面の不統一さにも関わらず）、視覚的に自己統一を実現させ、自己が存在するという感情を持つに至る。つまり鏡に映った自分の姿、ゲシュタルトから身体的統一性を先取りすることにより、自我の形成への第一歩を踏み出し始めるのである。ところで鏡像は「私」ではない。幼児はやがてそれが「私」ではない者、「他者」であることを知り、また実像ではなく、虚像であることを知るようになる。しかし同時に、鏡の上に映し出された者は「同胞」、あるいは「自分に似た他人」であり、さらに理想像、理想自我でもある。つまり自我とは他者像を介して、あるいは自分によく似た他者、理想自我との同一化によって形成されたものなのである。これは幼児の世界だけのことではない。人は成長した後も、この鏡像体験の繰り返しの中で自己を確認してゆく。それはラカンの言う「他者との同一化の弁証法の中で自分を客観化する」[22]プロセスである。「私」という概念は、鏡の中の自己（時には直接、他者が鏡の役割を担うこともあるであろう）を基本的な形成要因として発展させたものであり、言い換えれば、主体であったはずの自己は、実は一人の他者により構成されたものであると言えよう。つまり自己とは他者なのである。そして人が生きていくということは、常に何らかの形で他者が機能して、その都度、そこに新たな意味や価値が生み出されていくということに他ならない。

双子の場合、このような鏡像体験が日常レベルで行われ、一方が他方、あるいは双方がお互いの鏡像自己として存在するようになると考えられはしないだろうか。グリーンは己の中の他者を知る鏡像体験を、双生児とのアナロジーの内に表そうとはしなかったであろうか。弟フランシスの中で兄ピーターが他者として存在し、機能している様子が最も鮮明に表れているのは次のくだりである。

フランシスは双子だったので、多くの点でひとりっ子のようなものだった。兄のピーターと話をするのは、鏡に映った自分自身に向かって話をするようなものだった。鏡に映った像は、鏡にあるキズのために実物とは少し違い、彼自身というよりは彼の理想像であった。つまり暗闇や見知らぬ人の足音や夕暮れの庭を飛ぶこうもりなどに対する、いわれのない恐怖を抱かない彼の姿であった。（五五六）

ここでは、フランシスを主体にピーターがそのダブルとして描かれている。まず、フランシスの視点で双子の同一性が示されて、そして兄ピーターが弟の鏡に映った姿、鏡像自己として描かれているが、それはまさにフランシスの理想的自己像なのである。暗闇や夕闇迫る庭のこうもりのはばたきに怯えることのない、凛とした理想的な勇姿。しかしそれは自分ではない。自己像としての他者である。ここにフランシスの悲劇の要因がある。フランシスがピーター像に縛られ、その心象に固着し、他者への同一化の中でのみ自己の統一性を確認し続ける限り、苦しみは終わらない。ジレンマに陥り、「自己疎外する運命」[23]を味わうことになる。もっともフランシスには救いがある。「鏡にはキズがあるため、実物とは少し違ったものになっている」と言う彼には、少なくとも兄が自分の理想自我であるという自覚がある。しかしながら、兄を理想化してその兄と比べられている自己像、つまりフランシスが抱く自己イメージは、結局彼が鏡に映し出した他者である兄から送り返されてきた様々な心象の集合体であることに変わりはない。自我とはこのような想像的な場での審級（agency）であり、我々はここでも、もはや主体は自我に還元されるものではないことを知り、主体の疎外を見るに至る。そして、やがてラカンがその構造論的展開の中で明らかにしたように、他者の欲望が自己の欲望として出現するようになり、自己同一性という名の下に他者とのやりとり（交換）が延々と続くのである。

しぶしぶながらもフランシスはかくれんぼに参加し、ピーターはそんな弟を案じつつ、そっと見守る。兄は弟の鏡像としての自分を認識しており、彼もまた弟という他者を通して自己を確認していく。自己は他者の他者であることを、双子として置かれた位置相関の中で、経験として体得していくのである。

「もし僕がフランシスであったら、どこに隠れるだろうか」とピーターは考えた。彼はフランシスではなかったが、少なくともフランシスにとっての鏡ではあったので、答えはすぐに出てきた。――（中略）――二人の間にはテレパシーの言葉など必要ではなかった。彼らは母親の子宮のなかでもずっといっしょだったし、離れることなどできないのだ。（五六〇、傍点は筆者）

三

ところで、このように自己像に心を奪われ、その虜になっているということ、この想像的捕縛の現象の基底に存在するのはナルシシズムである。[24]ギリシャ神話に由来してフロイトが名付けたこの自己愛はダブル・モチーフの考察には欠くことのできない要素である。ハイネの詩にも登場する自己の分身、ドッペルゲンガー（doppelgänger）を世に出したオットー・ランクは、ダブル誕生の根幹にはナルシシズムが存在するという立場から、ダブルの現象は自我の破壊的な崩壊を防ぐための、つまり自己保存のための防衛措置であるととらえる。[25]アウィンはこのランクの考えを基本的に継承しながら、ウィリアム・フォークナーの作品におけるダブルの研究の中で、「激しい自己愛は、自分の理想像と合わない本能や欲望に対して、罪悪感を抱き拒絶をする。拒否された本能は自己から追放され、内的には抑圧され、外的にはダブルとして現れ、このダブルが身代わりとなって欲望を満足させたり、そのために罰せられたりするのである」[26]という見解を示しているが、ナルシシズムはグリーンの作品中のダブルを考察するときも重要な要素となる。まず、弟のナルシシズムを周囲の人々との関係から考えてみたい。フランシスにとって母は、前出の母胎を想起させる「暗闇」への恐怖からも明らかなように、決して身近な存在ではなかった。仮病を使って何とかパーティーから逃れようとした時も、自分のことをあまりにも知らない母親の態度にたじろいでしまったし、自分と大人たちとの間には歴然とした「無知という障壁」（五五五）が立ちはだかっていることにも気づいていた。本当は「僕は暗闇が怖いのです」と叫びたかったけれども、どこからか「冷酷な自信に満ちた大人たちの反応」（五五五）が返ってきそうで、思わず言葉をのみこんでしまう。

「馬鹿なことを言わないで。暗闇なんてちっとも怖くないことぐらい、お前もわかっているでしょ。」しかし彼は大人たちのこの論法に偽りがあることを知っていた。大人たちは死ぬことは怖くないと子どもに教えながら、彼らが死について考えることを避けていることもわかっていたからである。（五五五）

この引用文から、フランシスの鋭い感受性は、大人の二面性、その仮面の下に隠しているもう一つの顔があることを察知していることが窺える。また、仮病を使うことを兄から提案されたときの「自分の運命に対してそのように反抗をすることはフランシスにはできなかった」（五五三）という一文と合わせて考えてみても、フランシスは大人たちに理解してもらうことや、彼らとの間に介在する深い溝を埋めようとする努力を、すでにあきらめ放棄してしまっているかにもみえる。フランシスにとって母は豊かな愛情を注いでくれる慈愛に満ちた存在ではない。ウェイン・マイヤーズは「想像上の仲間」（imaginary companions）や、「ファンタジーの中の双子」（fantasy twins）など様々な形態で出現するダブルの源泉として、激しい衝動や欲望とともに沸き上がる去勢不安や対象喪失不安を挙げているが、[27]この物語においても、父の不在（大人の男性はまったく出てこない。登場するのは年上の女性ばかりである）と、先に見たような母を初めとする大人の世界への不信は、少年の心の奥に抑圧され、深く刻まれた何かを感じさせる。また暗闇への病的なまでの感覚過敏（emotional hypersensitivity）や強迫観念的な不安は、明らかに性的なものに結び付いている。昨年のパーティーでメイベルに暗闇の中で触れられて思わず叫んでしまったという屈辱的な思い出は、[28]フランシスの暗闇恐怖症の一因となり得ているし、パーティーの主催者フォルコン夫人の「巨大な胸」（五五八）に二度ばかり釘付けになっているところなどをみても、[29]フランシスにとって女性は、確かに惹きつけられる存在ではあるのだが、同時に不可思議で彼を威圧する者でもあるというアンビバレントな対象者である。

さらにフランシスは自分が少女たちに嫌われ軽蔑されていると思っていた。昨年のパーティーで卵を運ぶゲームをしている自分を、少女たち（"their sex" と、性別をことさら意識した言葉で述べられている）が軽蔑するような眼差しで見つめていたことを思い出している。（五五二）乳母との散歩の途中でジョイスと会った時も、自分のことを子どもだと馬鹿にしているような彼女の態度が気になったし、パーティーでもメイベルの「蔑むような視線」（五五六）からフランシスは少しでも逃れたかった。彼の心をとらえているのは、少女たち自身ではない。フランシスのもっぱらの関心事は、彼女たちに自分がどのように思われているか、つまり彼女たちを前にしての、あるべき自分の姿なのである。自体愛からはようやく抜け出したものの、いまだ対象愛に向かうことのできない少年のもどかしい自己愛がここにある。また両親によって受け入れられなかったらしい（もしくは拒絶されたことが窺える）愛情は、彼等によって愛されるはずであった自分によく似た存在者、ダブルとしての双子の兄（彼は理想的な鏡像自己でもある）に向かう。このように屈折したナルシシズムが、一種同性愛にも似た兄弟愛の構図を描いたのではないだろうか。[30]

次に兄のピーターに焦点を当ててそのナルシシズムを考えてみよう。彼が弟の恐怖を自分のことのように感じ取ることができたということはすでに述べたが、いよいよゲームが始まり弟の恐怖感が高まってくると、それらは弟の体験として直接語られるのではなくて、すべて兄を通して表現されていることに注目したい。

一瞬、ピーター・モートンは光が遠ざかって、聞きなれない足音の波に囲まれた暗闇の孤島の中に一人取り残されたような恐怖に駆られ大声をあげた。そのとき、その恐怖は自分のものではなく、弟の恐怖であることを思い出した。（五五八）

他にも、「ピーター・モートンは恐ろしくなって飛び上がったが、それは自分の恐怖のためではなかった」（五五九）とか、「ピーターは自分が経験しているものは彼自身の恐怖ではなく、弟の恐怖であるということを知っていた」（五六〇）というように、ピーター自身も恐怖を感じながら、必ずその後に、自分が経験している恐怖は彼自身のものではなく、弟のものだと言う弁明のようなことが述べられていて、そのためにかえって我々に、実はそれは兄自身の恐怖でもあり、両者で共有しているのではないかという疑念を抱かせる。兄ピーターのナルシシズムが、ダブルである弟の中に、自らの内面の葛藤や不安を投影させているとも考えられる。

真っ暗な静寂の中、こつこつと近づいてくる足音とともに、恐怖が最高潮に達したとき、突然ピーターに触れられたフランシスは、あまりの驚きのために死んでしまう。

ピーターは混乱した悲しみに呆然としながら、弟の固く握られた拳をつかみ続けていた。彼にとってそれは単に弟が死んだというだけではなかった。彼は幼すぎてこの矛盾した状況が理解できなかった。しかし、恐怖も暗闇もないと教えられた所へフランシスはもう行ってしまったのに、なぜ弟の恐怖の鼓動がまだやまないのだろうと、漠然とした自己憐憫を感じながら、不思議に思っていた。（五六一―六二）

フランシスの死が意味するもの、それはピーターも自覚しているように単に弟を失ったということではない。まさに彼はもう一人の自分、身代わりとしての分身を失ってしまったのである。もう動くことのない弟の手を握りながら兄が感じた「漠然とした自己憐憫」は、ダブルを失ってしまった自分自身に向けられたものである。それまで気の弱い弟に寄せられていたピーターの同情や哀れみの気持ちは、実は彼自身のナルシスティックな自我のなせる業であったと言えよう。

ピアルートの指摘を俟つまでもなく、グリーンの作品には双生児が何組か登場し、彼等は大抵どちらかが死ぬ運命にあり、[31]本編も例外ではなかった。死ぬことによって分裂していたものが一つになるというわけだが、この「死ぬべき運命にある双子の結合」（mortal union of twins）[32]にはどのような意味があるのであろうか。概してダブルの登場するフィクションにおいては、ダブルの消滅、しかもその多くが本体であるところのオリジナルの手によってダブルが消滅させられるという形で幕を閉じる。そしてその後にひとり残されたオリジナルの哀れな姿が、ダブルに続いての彼の死を予感させるというパターンは、ポーの「ウィリアム・ウィルソン」、モーパッサンの「オルラ」などの最後が如実に示すところである。ひとたびダブルの存在を認知してしまうと、そこにはかなりの緊張が生まれ、共存には困難や葛藤を伴う。しかし、ダブルがオリジナルを前提として、つまりオリジナルに依存した関係においてのみ（オリジナルをレーゾン・デートルとして）存在していることや、オリジナルの方も自らの優位性を常に保持し続けねばならないというその宿命のために、ダブルが先に消滅することが当然の帰結となるわけである。ところで双生児の場合はどうであろう。彼等はオリジナルとダブルの区別・境界がはっきりしないことに加えて、もともと母親の胎内から共存していたことなどから考えると、片方の死は消滅や分離を意味するよりもむしろ、統合とみなすべきであろう。死によって肉体は消滅するが、その魂は他方の中で生き続けているのである。統合にとどまらず、一方の死が生き残った片方に生命の息を吹き込んで、まるでここに新たな人格が誕生したかに思える時すらある。ピーターは弟の死後も恐怖の動悸が自分の中で続いていることを不思議に思っており、それが実は自分自身の恐怖でもあったことや、フランシスの死により初めて二人が一体化したことにも気づいてはいない。しかし、はたしてその統合が再生の可能性を意味するものであるのかどうかは、グリーンによって答えられることなく、依然として我々の前に開かれたままである。

グリーンがピーターとフランシスの双生児によって表わそうとしたもの、それは自己同一化のプロセスであり、自己の他者性であり、自己というものの不確かさ・曖昧さであった。フロイトを初めとする伝統的精神分析の立場からみれば、ダブルは抑圧され無意識の層に押し込まれた本能的な衝動や欲求（instinctual drive and desire）に帰する自己表出（self-representation）の一形態であると言える。そのような角度からピーターとフランシスの双生児をユングの〈影〉を当てはめて考察することも可能であったし、ランクのようにその源泉を自我の防衛のメカニズムの中に組み入れて捉えることも、作品を重層的に捉える上で意義があったことは、すでに見てきたとおりである。さらに、この短編においては、双生児の二人が何度も鏡像イメージで描かれているという文学的手法を見逃してはならず、そのためにもラカンの鏡像論から読み解く方法が注目されてもよいのではないかと思う。人は他者により形成され、他者によって自らの世界の主体となるのであるが、双生児はその相似性のためだけでなく、この世に存在したその瞬間から常にいっしょだったという点において、お互いにとって相手が最も身近な他者として機能する。お互いが相手を映し出す鏡となることで、各々の抱いた欲望は実は他者のものであり、自らの口から出る言語もまた他者のものであるという、自己の内包する他者の普遍性を、彼等は無意識のうちに体験する。「パーティーの終わり」はこの自己と他者の動的な構図、そしてそのベクトルの根幹をなす人間の本質的なナルシシズムを、双生児を登場させることによりアレゴリカルに描きつつ意識化させるテクストである。

若い頃より精神分析に関心をもち（実際治療を受けていた時期もあった）、後に「書くことは一種のセラピーである」[33]と述べたグリーン。彼自身は、書くという行為によって、自分の中のいかなるダブル、他者とつきあっていたのだろうか。

注

1 「ダブル」（double）の概念は多義的で曖昧である。一般的には自分とよく似た存在者を指すが、ここでは分身、二重身、ドッペルゲンガー、さらに duality, alter ego, duplication, second-self, counterpart などの総称として、限定的な意味を持たせず、そのまま「ダブル」という語を使うことにする。

2 John Herdman, *The Double in Nineteenth-Century Fiction* (London: Macmillan, 1990) x.

3 Thomas Carlyle, *Works of Thomas Carlyle*, Centenary Edition, ed. H. D. Traill, 10 vols. (London: Chapman and Hall, 1896-1901) 57.

4 Herdman x.

5 ジョセフ・コンラッドの「秘密を共有するもの」（"The Secret Sharer"）（一九一二）やヘンリー・ジェイムズの「にぎやかな街角」（"The Jolly Corner"）（一九〇八）が、ダブル・モチーフの作品群のひとつの分岐点に位置し、その後、ナボコフなどを経て、マーティン・エイミスなどにまた新たな流れがあるように思う。

6 Graham Greene, *The Tenth Man* (London: Penguin Books, 1985) 12.

7 cf. Norman Sherry, *The Life of Graham Greene* (New York: Jonathan Cape Ltd, 1994).

8 Graham Greene, *A Sort of Life* (London: The Bodley Head, 1971).

9 Herdman 157-61.

10 Karl Miller, *Double: Studies in Literary History* (London: Oxford UP, 1985) ix-x.

11 Graham Greene, "The End of the Party," *Collected Stories* (London: William Heinemann & The Bodley Head, 1975) 551. 以下本文からの引用はページ数を括弧の中に示す。

12 他の多くの作品中でもそうであるように、グリーンにとって鳥は死や恐怖のイメージであった。例えば『力と栄光』（*The Power and the Glory*, 1940）の中では「禿鷹」（vulture）や「七面鳥」（turkey）が度々使われている。

13 リチャード・ケリーはこのようなピーターについて、グリーン自身の理想的な兄の姿が投影されたものだと述べており（Richard Kelly, *Graham Greene: A Study of the Short Story* [New York: Twayne Publishers, 1992] 18）また ウェストも兄レイモンドに対するグリーンのコンプレックスについて述べている。（W. J. West, *The Quest for Graham Greene* ［London: Weidenfeld & Nicolson, 1997］ 17）

14 闇としての子宮は「包み込むもの」ではなく、「呑み込むもの」としてのイメージで捉えられているが、これは後述するフランシスと母親との関係、その精神的隔たりを暗示するものでもある。

15 チャールズ・ライクロフト、山口泰司訳『精神分析学辞典』（河出書房新社　一九九四）六三-六四ページ。

16 さらにハードマンはこの「本能的性質」は「純粋な自己」（pure self）でもあると述べる。（Herdman 158.）そこまでは言明できないにしても、確かに可能性としての、潜在的な自己ではある。

17 C. G. Jung, *Psychology and Religion*, Collected Works 11 (New York: Pantheon Books, 1940) 76.

18 シャミッソーの筆によるピーター・シュミエールが影を失って苦悩する姿がそのことを雄弁に物語ってもいる。（シャミッソー、池内紀訳『影をなくした男』岩波書店　一九八五）

19 R.A. Pierloot, *Psychoanalytic Patterns on the Work of Graham Greene* (Amsterdam: Rodopi B.V, 1994) 137. さらにピ

アルートはピーターを「頭」(brain)に、フランシスを「心」(heart)にたとえてもいる。

20 Pierloot 136-67.

21 ジャック・ラカン、宮本忠雄訳「〈わたし〉の機能を形成するものとしての鏡像段階――精神分析の経験がわれわれに示すもの――」、『エクリ』I(弘文堂 一九七二)一二三-一三三ページ。

22 ラカン、一二六ページ。

23 ラカン、一二七ページ。なお、このジレンマや自己疎外については、ラカンがパラノイア研究において提示したエメの症例に詳しい。宮本忠雄他訳『二人であることの病い―パラノイアと言語』(朝日出版社 一九八四)一一-五二ページなど。

24 自己中心主義や唯我論を意味する一般的ナルシシズムとは区別したい。ここで扱うナルシシズムとは、古典的精神分析用語で言う二次的ナルシシズムで、対象を取り入れてこれを同一化することから生じる自己愛である。

25 Otto Rank, *The Double: A Psychoanalystic Study*, trans. and ed. Harry Tucker (The North Carolina UP., 1971) 70-79. 例えばナルシシズムは対象喪失の否認などの防衛的働きもする。

26 John Irwin, *Double and Incest / Repetition and Revenge: A Speculative Reading of Faulkner* (Baltimore: The Johns Hopkins UP, 1975) 33.

27 Wayne Myers, "Imaginary Companions, Fantasy Twins, Mirror Dreams and Depersonalization," *The Psychoanalytic Quarterly* (New York: 1976) 521-22.

28 以心伝心だったはずの二人なのに、なぜかメイベルとの恥ずかしい思い出だけは兄も知らないらしいことに注意したい。(五五二ページ)

29 もっともこの場合の乳房は性的対象というよりも、満足を与えずフラストレーションをもたらす対象、メアリー・クライン等の言う「悪い乳房」かもしれない。

30 グリーンの *England Made Me* (1935) では男女の二卵性双生児が登場するが、そこに近親相姦的構図を読みることも可能である。

31 cf. "The Case for the Defence," 1939.

32 Pierloot 136.

33 Marie-Françoise Allain, *The Other Man: Conversation with Graham Greene*, trans. Guido Waldman (London: The Bodley Head Ltd., 1983) 25.

3　すべては子ども部屋からはじまる

子どもの原像を求めて

小幡光正

一

文学の巨匠たちの多くがそうであるように、グレアム・グリーンにしても、善きにつけ悪しきにつけ、思い込みが強い、それもかなり強いタイプであったようで、成長期には固定観念に取り憑かれ、生涯に及んでそれに封じ込められた体質の作家であった。ここで言う固定観念をさらに強迫観念とも言い換え（ただし、英語では双方ともobsessionである）、グリーン自身がかりにこの点で自己規定したとすれば、さるエッセイでの発言――「われわれの考慮に価するすべての創作家たち、つまり詩人という言葉が十八世紀に広い意味で用いられた、そのような意味で詩人と呼ぶことのできる作家たちは、それぞれが一個の犠牲者で、誰にしろひとつの強迫観念の生贄になっている」[1]――にそうと、やはり本人自身が犠牲者であったということになろうか。ただし、犠牲者必ずしも敗残者ではないという点が、このエッセイの語るところでもある。ところが、ここには名辞矛盾の響きが聞こえてこないという点に、グリーン文学の屈折振りが指摘できるはずである。

しかしそもそも、固定観念と言おうと強迫観念と言おうと、おそらくその内容のいかんを問わず、両刃の剣であろう。つまり、針の振れる方向次第では、強迫観念も高じて情動反応までも異常を来して神経症の域に入り込んでいくかもしれない。そして、ことさら作家の場合となると、現実認識の一面化に陥って、針小棒大になりやすい筆法の罠が早々に待ちかまえているやもしれぬ。その結果、リアリズムの信憑性は当然疑わしくなる。そしてもちろん、文学批評はこの部分にのみかかわることができて、前者の神経症にはかかわれない。そう言えば、『力と栄光』(一九四〇)についての数多い議論のなかでも、論旨は一部込み入って屈折しているが、慧眼さが全体できわ立っていたリチャード・ホガートの弁舌――「グリーンは誤解したのだ。それもこれも、彼が抱いている強迫観念のためで、真理の重要な部分が見えないのである」[2]――が、幸いここでの説明として格好の発言となるようだ。しかし、このようなマイナスの側面だけが強迫観念のすべてというわけでもないという点については、グリーンにかぎらず言えることだ。問題の観念もかりに危険水域にまでも振り切れず、神経症の手前で止まると、現実の提示はもちろん独断と偏見によってやはり一方的で、偏執的にとらえられたものだけが横溢し、それに応じて作品空間の歪みも目立ってくる一方で、リアリズムのたがが弛みだすことで、別種の世界がスリリングに姿を現すことだってあろう。私の目にはいま、文学史上のいくつかの傑作がその事例として見えてきそうだが、強迫観念に取り憑かれた創作意識には自ずと排除の感覚が強力に働くはずで、そのためコンヴェンションの体系も崩れやすい。あるいは、意に介されないことが多い。少なくとも、なじまない。もちろん、グリーン自身そこまでは言っていないが、しかしこの問題をめぐっての彼の議論は俗に言う「災転じて福となす」のたぐいである。ちなみに、上記に引用のグリーンの発言はデ・ラ・メアにとどまらず、「裏切られることの恐怖……人間に対する悲痛なまでの憐れみ」[3]と言及され、前者はヘンリー・ジェイムズの、後者はトマス・ハーディーの各傑作を生み出した原動力のひとつであったと認めていくのである。となると、グリーンのこの姿勢はやはり一種の開き直りである。加えて、「若き日のディケンズ」（一九五〇）の場合も顕著だが、われわれがよく出会うのは作家の創造力の源泉にいったん強迫観念の存在を認めると、その原因を必ずや生育環境に求めていこうとするグリーンおなじみの態度である。それでいて、成果もいわゆる〈人と作品〉方式の立論に見られがちな、可もなく不可もないレベルを越えているのは、グリーンのこの点での究明の姿勢がすぐれて求心的であるためだ。一見技法論に終始しているような「フランソア・モーリヤック論」（一九四五）においてさえ、そのことは言えそうである。言うまでもないが、ここで言う技法とは「技法は内容である」[4]と口火を切ったマーク・ショーラーが意味する技法のことだが、この文豪モーリヤックを語ってグリーンが引用せざるをえなかったのが、パスカルであり、わけても次の発言なのである。

人間は変わるものではない。これこそ、私ほどの年配者にはもはや疑う余地のない唯一の真実である。人間は生涯かけて必死に戦った末に、もとの性向にしばしば立ち帰る。と言って、人間の最後は必ず自分の最悪のものに屈服させられるということでは決してない……。[5]

引用はさらに、人間は最後に神にこそ誘惑されて破れよという趣旨の発言にまで及び、じつはその発言こそグリーンの意図に適っていそうだが、ここでは文中にみられる「性向」(l'inclination)が問題なのである。これと強迫観念との関係については、あるいは心理学に説明を求めた方が手っ取り早いと思うが、両者は基本的には別ものであろう。だが、それで収まらないのがグリーンの場合だ。立ち帰った先のもとの性向が固定観念高じた強迫観念にすでにまがまがしく支配されて変質を蒙っているということをグリーンを知る一体誰が否定できようか。グリーンのとらえた性向とは、じつにそのようなものであるはずで、性向自体にドラマはない。彼自身に言わせても、「強迫観念にいったんとり憑かれると、自分を意識しないということはまったく不可能だ」[6]と言うなら、それに基づく作品空間は勢い主観描写が主流となって〈意識の流れ〉の世界も目前に控えている。議論もここまでくると、話の先は自ら見えている。われわれはここでも、ヴァージニア・ウルフに代表されるこの世界に対するグリーンおなじみの反対表明――「彼女らの作中人物となると、ぺらぺらの紙一枚の厚さしかない世界を、ボール紙細工よろしくうろつきまわっている」[7]――を突きつけられることになる。

二

デ・ラ・メア論に言及することで議論をはじめたが、グリーンはひきつづき、作家の強迫観念は彼が駆使しているシンボルによって、じつに容易に判断できるという趣旨の発言[8]をしている。そもそもこの観念自体、内容上どうしても心理学を意識しながら慎重に語っていくことが求められていると思われるだけに、グリーンの発言は内容の点で十分頷けるものがある。そのようなわけで、ことさら文学者となると、シンボルに反映してこそ強迫観念と呼ばれてふさわしいと、ここでは言い換えよう。つけ加えるが、クリシェに堕すことなく、伝統や慣習や約束ごとといった因襲の枠を破って独自のシンボルを創造しえてこそ、文学者も生き残ることになる。彼の創造行為に強迫観念はかかわらないと判断すること自体、そもそも無理な話である。

さて、グリーンの見るところ、デ・ラ・メアでは鉄道の駅や汽車の旅がシンボルとなって短編小説に頻出しているというが、当のグリーン自身の場合は子どもあるいは子ども時代にかかわる想念が強迫観念のひとつであるだろう。それも、文字通り強迫観念と呼ばれるにふさわしい質量を備えて。だがそもそも、人誰しも子どもでなかった者はいないという点で、とりわけ子ども（時代）にたいしては、文学者たるもの表情を変えずにこれを想うということはできまい。つまり、人はわが幼少期からしか真正の子ども（時代）は語れないということであり、このことはしたがって文学者においてはいっそうのこと真実に響く。グリーン自身の幼少期が回想吐露されてわれわれの目を引くのも、その点においてであって、それ以外ではない。

そのようなわけで以下確認するが、彼自身の幼少期について知る情報源としては二つのルートがある。一つは当然彼自身の手による「失われた幼年時代」（一九四七）や「隅戸棚のなかの連発銃」（一九四六）などおなじみの回想的エッセイ類。あるいは、ルポルタージュ『地図のない旅』（一九三六）や『掟なき道』（一九三九）に所収の関係個所、そしてもちろん、人は齢を重ねるほどに過去を語っていくという風情の『自伝』（一九七一）や『逃走の方法』（一九八六）といった本格的自叙伝である。ここでは、これら作品の発表順からグリーンは紀行文学の枠内で自らを公的世界に向けて本格的に発信しだした点にとりあえず留意する。加えて、当初は『失われた幼年時代及び評論集』（一九五一）の巻末部分を飾る〈個人的あとがき〉の一編として所収され、

〈個人的まえがき〉としての「失われた幼年時代」と意味深長な枠組を作りあげていたはずの「隅戸棚のなかの連発銃」が、定本化された『評論集集成』（一九六九）からは省かれて別のものに入れ替わっている点も、相当気になる。そして、この種のものの語り口に特有の体臭を強烈に発散させて読者を金縛りにしてきた状況は、グリーン本人の承認を得て出版中の伝記――ノーマン・シェリー『グレアム・グリーンの生涯Ⅰ　一九〇四―一九三九年』（一九八九）、『同Ⅱ　一九三九―一九五五年』（一九九四）――が加わることで、本人の口から一方的に説明されていたその幼少期も客観的になったにせよ、われわれの側での金縛りにされてきた情況自体不思議なほど変わってはいないようだ。少なくとも、これは私の実感である。そのことはつまり、事実は真実に勝てないということか。すなわち、折に触れ十分意識的に回想の対象とされていった幼少期とは、グリーン自身において事実以上に重みのある真実であったというわけで、かりに当人以外の伝記作者が前者の事実に肉迫しようとして、結果的に重厚長大に記録してみても、それはそれで〈事実〉の積み重ねになっても、本人自体が吐露しようとするのは、〈真実〉なのである。言い換えると、「そうであったらしい子ども」は「そうであって欲しかった／欲しくなかった子ども」には敵わないということでもある。前者は伝記作家が提示してくる子どもであり、後者は当該の本人による子どもである。誰にしろ、無色でわが幼少期は語れない、ましてや文学者は、という点については前述した。すると、その期の子どもは愛惜されようと、されまいと、自ずと願望形で脚色されやすいというのが私の判断である。ここでは、グリーン以外の多くの事例に当たりたいが、そのための紙幅はない。

ところでグリーンの場合、幼少期の自画像がまずは紀行文学の枠内で本格的に描かれだしたという点は先に触れたが、その間の消息も、当のグリーン自身の言葉では、意外とそっけない。「……一九三五年に私は次作『地図のない旅』の着手にさいし、無謀にも想い出というものをその主題にしてみようと決めた。四十五年も昔のことであれば、今この時を相手にするのとは違って、幼少期の最も暗くて、しかも遥か彼方の想い出さえも、とても幸福な気分でいじくることができたからだ。」さらに、発言はつづく——

……かりに、これがひとつの冒険だとしても、主観的な冒険であった。つまり、事実の沈黙の隔絶状態の三ヵ月間。そう思っただけで、今度の書物に必要な形式がわかってきた。この旅——……——の記録は、もうひとつ別の旅と平行させてみると、興味深いものになるだろう。一個人の旅日記も、個人臭を強めていくと、かえってそれ特有の些末性が消えていくものだ。……波乱万丈でもないこの旅の記録に、過去のいくつかの想い出や夢や言葉からの連想などを書き加え土台固めをしてみたというわけだ。……考えてみれば、この形式は私にとって、それほど新しいものというわけでもなかった……私は小説作品の場合、いつも主人公の回想を挿入することで、ストーリーの連続性を破ってきたが、それと同じように、この旅行記にも〈私〉の回想を入れるということになったのである。[9]

旅が自己発見であるのは、永遠の真理である。文学者の場合にかぎらず、多くの事例がこれを証明するだろうが、それにしても、紀行文学に〈私〉がとり込まれていく事情がグリーン文学の創作態度の問題に手際よく収められている感じがするのは、やはり歳月の流れによるものだろう。上記の引用文は、初版後の文字通り四十五年後に書かれた新全集版用の自序の言葉の一部なのである。なお、創作態度の問題で、本書がまるでいわゆる《グリーンランド》（Greeneland）のための「創作の手引」の趣きを呈しているという発言[10]をしている人もいる。となると、読者の側ではその国の「攻略の手引」にしたいものだ。

ところで、アフリカ大陸の地理的探求と、それによって触発された原始の野性対ヨーロッパ文明の歴史的探求と、ついには自分史の探求が三つ巴で目論まれている結果から、著者自身の幼少期の自画像も自ずと等身大の規模を越えて肥大化しているのではないかと疑ってみたくなるのも当然だろう。しかし、空間を移動することで、歴史の遡行を果たし、もって自身の幼少期も追体験されていった結果の重みは、看過されてはいけない。

さて、グリーン自身の回想によるそのような子どもの自画像に接すると、われわれはよほど鈍感でもないかぎり、彼の精神の佇まいを察知して、子ども（時代）にまつわる想念がなぜ強迫観念に凝結していったのかが、具体的には死や暴力や裏切りや逃亡、あるいは孤独や疎外といった、その気になれば、関連の語彙をいくらでも書きつらねることができそうな、おおよそ負の要素一色のイメジャリーで表象化されうる強迫観念のひとつに、それが組み込まれていったのかが、ほぼ察知できそうである。そしてここでは、議論の発展のために次の二つの発言に留意する。「ここバーカムステッドにこそ、最初の雛形があり、その雛形からものごとは無限に再生させられることになった。」[11]「作家が小説をいくつ書いても、道徳の内容はひとつである。」[12]前者は自叙伝から、後者はヘンリー・ジェイムズ論の一編からというように、発言の文脈は議論の対象が自・他に分かれてまるで違うのに、この二つは見事につながって整合性を示し、他を語って自らを披瀝すると常々言われてきたグリーンのありようを文字通り証明する結果となっている。つまり、道徳が、ということはその道徳が枠組みとなって働く主題がひとつであるためには、雛形の存在が不可欠なのである。じつは、このような組み合わせの妙は、その気になれば、いくらでも味わうことができるというのが、グリーン文学の特質なのである。すなわち、文脈を外しても、普遍性を持つ発言や言説が多いというわけであり、これは一見《グリーンランド》独得の体臭の強烈さとは矛盾する。体臭の強烈さとは、独断と偏見に踵を接している。じつは、この矛盾を巧みに取り込んで、グリーン文学も〈知と情〉の張りつめた緊張関係を見せていると判断したい。普遍性は〈知〉にかかわり、個人臭は〈情〉にかかわっているということである。

三

ところで、近・現代の文学者が子ども(時代)に執着して創作活動を展開させるとき、われわれの側では一見この自明であるようなものの実体の系譜を大筋で確認することがなんとしても必要である。この点では、一九七〇年代以降のフランスで栄えた「新しい歴史学」として、従来までの天下国家の歴史ではなく、人間の〈心性〉に焦点をあてて研究していった〈アナール派〉の代表格の一人フィリップ・アリエスによる二冊の大著——『〈子ども〉の誕生—アンシャン・レジーム期の子どもと家族生活』(一九六〇)、『死を控えた人間』(一九七七)——による成果を起点にして確認作業を進めていくことが、ふさわしいはずである。すなわち、アリエスによると、子ども(時代)とは自明のものではない。時代の心性の所産なのであった。そして、それがルソーとロマンティシズムの無垢賛歌の大きな潮流に飲み込まれていきながらも、今世紀を境にフロイトの手で精神分析のメスも容赦なく入り、あどけなくもいたいけな童顔の裏に性欲の萌芽までも指摘される存在へとドラマティックに変貌してきたその経緯の確認である。

アリエスによれば、子ども(時代)とは十七世紀末〜十八世紀のフランスで近代家族制度の成立とともに発見同然に意識されだしたのであり、それまでの子どもも七歳以前は動物と変わりない。そして、それ以降の年齢になると、大人と同じように労働に従事していく「小さいだけの大人」であったのだと見なされる。だが、その制度の成立を境に、大人とは別個の価値をそれ自体で独自に持つ存在であると判断されるようになる。子どもというのはその点で「制度の落とし子」だったわけで、議論自体〈アナール派〉の精神に逆らわず、ときに詩情にあふれて十分に大胆でかつ独創的、それだけに衝撃的であったようで、じらい論議の対象とされていくほどに権威も高まって、通説となっていったとしても不思議ではない。そうなると、反論も当然予想される。例えば、最近私の目に触れたのだが、リンダ・A・ポロクの敬服に価する地道な労作──『忘れられた子どもたち──一五〇〇～一九〇〇年の親子関係』（一九八三）──が、反論の一例としてふさわしいのだろうか。ちなみに、この著者によれば、子どもの見方が時代ごとに変化したにしても、子ども重視の傾向はいつの時代にもあり、ましてや親が子を思う心に変わりはなかったということになる。このように、ここの著者が言う「忘れられた」とは上述のようにアリエスたちによってという意味にならざるをえないが、私としてはそのかわり、「永遠の子どもたち」とでも呼んでみたい気もするのだが、これ以上の議論は本論の意図から外れてしまう。

ともかく、そのようにして出現した子どもたちも、ルソーの『エミール』（一七六二）によって、学校教育制度に代表される合理性追求の人工的な教育から解放された自然児のありようこそがふさわしいとされるや、キリスト教の伝統的な原罪観を尻目に、ブレイクやワーズワースなどのロマン派の詩人たちによる子ども性善説に支えられて、原初の無垢の体現者として賛美されるまでになる。つまり、十八世紀後半からの産業革命の進展とともに、利潤追求の功利主義もいよいよ強まり、苛酷な社会状況の下では子どもたちも本来的な弱者として、犠牲者特有の相貌を濃くしていく。したがって、無垢のイメージにキリスト教が取り込まれてくるのも予想されるところで、結果的に原罪観も駆逐されていく。これらの詩人たちにしてみれば、産業革命と本質的に反りが合わないとする自覚が、いたって社会的弱者としての子どもたちに感応して、子どもたちをとっさに感受性のシンボルと見るわけで、これがかりに積極的に働けば再生のシンボルに、逆の場合は郷愁に駆られて退行衝動も強まり、あのピーター・パンの映像がちらつくことになるのだが、これはもっと先の話である。われわれはその前に、ディケンズがロマンティシズムの遺産を受け継いで生み出したオリヴァー・トゥイストやリトル・ネルらの永遠不滅の子どもたちと対面しなければならない。二十世紀は、しかし一変した。あの無垢の神話すら根こそぎ否定されて、幼児性欲や近親相姦のおぞましいイメージに彩られた子どもたちが登場してくる。前世紀までの、消滅をひたすら恐れて、成長停止を願望するにとどまらず、死による永久保存までももくろませることになった問題の原初の無垢なるものも、フロイトのエディプス・コンプレックス論によってこのように呵責なく否定されたというわけである。

子どもに注がれた科学的眼差しは、しかし心理学にとどまらない。西欧社会の一世を風靡した感の『児童の世紀』（一九〇〇）のエレン・ケイを忘れてはいけない。このスウェーデンの女流思想家は世紀末を席巻した進化論に基づく遺伝学説に傾倒し、その果ては優生学に過剰なまでに期待して、人種改良の実現までも願った人である。これにより、新しい二十世紀にはすぐれた子どもの産出が期待されなければならなかった。かくして、神の授かりものであったはずの子どもは、科学で操作されうる子どもとなっていく。この紛う方ない宗教から科学へのパラダイムへの衝撃的な転換に浮かび上がった主役こそ、改めて言うが子どもなのであった。したがってこれもまた、ロマンティシズムの場合とは完全に異なる旗色のもとで賛歌されうる子どもであった。そして、時代は進み、心理学と教育学との共謀はますます強まって、子どもたちをかつての〈無垢神話〉から〈成長神話〉の領域に奥深く引き込んで、「発達」や「可能性」の天秤で計っていくことになる。

われわれはこのようにして、《グリーンランド》の子どもたち、あるいは子ども期と出会うことになる。ちなみに、ここの素描による確認作業をアリエスへの言及によってはじめたが、彼による子どもの発見も、じつはミシェル・フーコによる『狂気の歴史』（一九六一）の狂人や、クロード・レヴィ＝ストロースによる『野生の思考』（一九六二）の未開人の発見とたまたま同時期であったとする中村雄二郎氏の発言にここで触れておくのも、無益ではない。つまり、氏に言わせると、「この二つの新しい人間とは近代ヨーロッパの新しいヒューマニズムが自分たちの社会の内部と外部に見忘れてきた深層的人間にほかならない……。」[13] 議論は性急だが、上記の『野生の思考』で西欧文明社会の自民族中心主義が糾弾されるほどに、当の野生の思考の復権が主張されているというなら、グリーンの『地図のない旅』では、西欧文明社会のなにが糾弾され、原始のアフリカ大陸のなにが賛美されたというのか。「構造主義」の隆盛の火つけ役として〈知〉の最前線を走り、戦後思想史の大事件となった『野生の思考』を前にして、この疑問に手軽な答えなどもちろんあろうはずもない。

それにしても、前述で子どもを史的にざっとなぞっただけでも、それが本論の意図にかなっているのは、グリーンの目は確かにあのディケンズを、イギリス文学において子どもを文学世界の大道に歩ませた立役者としてのディケンズを捉えていた点から言えることである。グリーンのディケンズ論はそのタイトル通りにもっぱら『オリヴァー・トゥイスト』(一八三七–三九)をめぐるものである。この作品自体、言うまでもないが、子どもに焦点を合わせたイギリス最初の長編小説であった。具体的には、当時の救貧法修正案や救貧院に対し、不幸な幼児体験に根ざすディケンズ自身の骨身に染みついた怒りから、風刺も結果的に痛烈味を増した〈傾向小説〉の趣きを備えており、そのことはなによりも作者の意図においてまず言えることであった。ところが、グリーン自身の目には、これがリアリズムの小説どころか、純粋に想像力が生み出したものとして映る。そして、欠点は欠点として、それも作者二十代半ばの若さの故であると認めて、想像力の見事さがなににも増して賞賛されるのである。

議論はさらに、この想像力がオリヴァーをいく度となく追いつめるフェイギンやモンクスの描写にこそ本領が発揮されて、悪も臨場感豊かに説得力を獲得しているとされる。つまり、グリーンにとっては、天涯孤独の身のオリヴァー少年の苦境、すなわち「この呪われた世界で、悪魔が横行する暗黒と、無力の善がぎりぎりの抵抗を試みる白昼との間に交わされる悪魔のような戦い……」[14]のもとでの苦境こそ注視に価して、ハッピー・エンドの部分のオリヴァーはやはり胡散臭いのである。ディケンズ一流の因果応報は、勧善懲悪を強く響かせて秘密が暴露されていく結末部分が表面的で醜悪であると惜しんだG・K・チェスタトンの意見が、ここであえて引用されているのもそのためである。思えば、チェスタトンとは、大衆性の故に非知性的であるとして非難されつづけてきたディケンズ文学をほとんど例外的に賞賛した批評家であった。それにしても、対ディケンズのいわば想像力賛歌はグリーンならずとも、実作家の手になる作家論のひとつの典型であると思うが、グリーンのエッセイ自体の発表年代からすると、エドモンド・ウィルソンによる衝撃的な「ディケンズ――二人のスクルージ論」（一九四一）によるディケンズ再評価の路線に位置づけられる性格を持つ。しかも、グリーンの視線はウィルソンによる再評価を可能にしたディケンズの特に暗い面に注がれている。それもおそらく、過去に対する反動からと言わんばかりに、ディケンズの後期作品群を過度に重視していく当時流行の批評姿勢にまったく逆らって。

いずれにしろ、当該の原作からグリーンが引用したもののひとつ——「二人（フェイギンとモンクス）ともオリヴァーをそれと認めたし、オリヴァーの方でも二人のことはわかった。彼ら二人の姿は、まるで石に刻みつけられ、彼が生まれたときから目の前に置かれていた像かなにかのように、彼自身の記憶に鮮やかに刻みつけられた」——が確かに伝えているとかいう「その（恐怖の）一瞬のいかにも真実であることと荘重であること」[15]は、わが《グリーンランド》の子どもたちのものでもあろう。その点で、私の目に映る子どもたちは、かくれんぼの暗闇におびえて絶命する「パーティーの終わり」（一九二九）の双子の片割れであり、両親不在のさなか、使用人夫婦の愛憎の悲劇の場と変じた大邸宅の子ども部屋で、悪夢から目をさますと、寝顔をうかがっていた女の顔を魔女のそれと思い込んで恐怖で金縛りになる「地下室」（一九三六）の七歳の子どもであり……。それにしても、グリーンのディケンズ論は本論にとっても、やはり重い。引用されることも多い決定論めいた言説——「一般に信じられているように、かりに創造力を駆使する作家というものが幼児期及び青少年期に自分の世界を決定的に感じとってしまい、それ以後の全生涯は、彼独自の世界をすべての人に共通する大いなる公の世界の観点から説明しようとする努力であるとすれば……」[16]——は、まさしくこのエッセイの一文でもある。

四

本論が考慮すべき対象は、しかしなにもディケンズ論だけにかぎらない。上述ではフロイトにも触れたが、グリーン自身とくに項目を立てて、彼を論じているわけではない。だが、彼の思想の中核である〈エディプス・コンプレックス〉をはじめとして、これの一構成要素としての〈近親相姦〉および〈原光景〉や〈固着〉など、どれも《グリーンランド》には該当例があるということ。これも先に触れた「地下室」のフィリップなどは、いわゆるトラウマの極端な症例であることは明々白々である。そして、とりわけ《グリーンランド》では、〈夢〉に新たな意味と機能が与えられて「夢の王国」の様相も見せているということなどから、グリーン本人はどう思おうと、やはりフロイディズムの潮流のもとにある作家である。この点で、すでに承知のことだが、グリーン十代のときの精神分析治療の一環として半年に及んで夢日記をつけたという被験者体験[17]を忘れたくはない。この体験が晩年の『私だけの世界——夢日記』(一九九二)に結実したと思いたい。リアリスト・グリーンなどと手際よくまとめてしまうと、この作品によってわれわれは見事に脚蹴りをくらってしまうはずだ。しかし、考えてみれば、文学が人間を取り扱うかぎり、フロイト以降の二十世紀の文学者が彼による革命的な業績とは無縁に創作していくと想定すること自体乱暴な話で、要はフロイトからの影響の程度問題である。繰り返すまでもないが、近代心理学のうちでフロイト一派の精神分析学では、分析のメスが子どもの深層にリビドーなるものの存在を探り当てることで、生涯に及んで人間の意識下に潜む幼児体験の意味が明らかにされた。ロマンティシズムのシンボルのなれの果てとも思える空疎な子ども像も、このようにして打ち砕かれ、結果的に〈無垢神話〉からも原罪説からも解き放たれていったのである。西欧社会の子ども観は、文字通り激変したと言ってよい。

さて、グリーンの強迫観念のひとつと判断されるか、あるいは数ある強迫観念の原因となっているに違いない子ども（時代）についての議論で、彼のディケンズ論を検討したのであれば、量的にはディケンズ論をはるかに凌駕して五編に及ぶヘンリー・ジェイムズ論（一九三二-五〇）を飛ばすことは重大な手抜きになる。しかし、相手はなにしろジェイムズのこと、グリーンの対応はさすがに違うのである。この点では、グリーンの発言――「ヘンリー・ジェイムズの死後、イギリス小説は不幸に見舞われた……と言うのも、ジェイムズの死とともに、イギリス小説から宗教的感覚が失われ、それとともに人間行為の重要性についての感覚も失われたからである」[18]――がまたもや響く。宗教的感覚と言い、人間行為の重要性と言い、併せて言うと要は〈キリスト教と文学〉の問題であって、議論はしたがって子ども（時代）の問題の枠を完全に越えて、グリーン文学全体の根幹にかかってくる。これがはからずも、グリーンが師と仰ぐフランソア・モーリヤックその人についての議論の冒頭で吐かれた発言であったことを、われわれはいつも覚えておく必要がある。となれば、ここではむしろ次のように考えるべきだろうか。グリーンにおいては、芸術の根幹にジェイムズもかかわっているかぎり、グリーンの批評では子ども（時代）の問題もそれにふさわしく取り扱われてよいということである。すなわち、ジェイムズ文学とは多種多様な解釈やアプローチを認めて、批評の饗宴を許してくれる質量を備えてすぐれて知的で強靱でありうることを認識しつつ、その一局面として、感受性豊かな子どもたち（青年子女と言うべきか）が人生の複雑さにいかに目覚めていくのか、つまり無垢は経験といかに折合っていくのか、あるいはいかないのかという難問にジェイムズは終生関心を払いつづけ、それに見合って子ども像も両義に及んで振幅の度合いも大きかった点を看過したくない。それはすなわち、『メイジーの知ったこと』（一八九七）のメイジーにおける無垢の悲劇的な勝利、あるいは『厄介な年ごろ』（一八九九）のナンダの悲（喜）劇的な勝利と、言わずと知れた『ねじの回転』のマイルズとフローラの無垢の敗北あるいは原罪の表象の間の振幅のことであり、その他多くの該当者たちもこの枠組が許容する範囲内の語彙でコード化されるはずである。

もちろん、グリーンが執着するジェイムズとは「強烈さにおいて宗教的と言える悪の意識」について表現しうるという点で、宗教作家なのである。[19] それだけにグリーンは、この意識の源を求めようと例によって作品世界を踏みこえる。目指すは、ジェイムズその人と家系全体の語られざる過去である。それもこれも、「彼（ジェイムズ）の家庭的背景が大変関心を引くのも、彼が慎重を期して至高の裁きを下さなくてはならないと考えた目に見える世界が、彼においては、早い時期に形成されたからだ。」[20]ここの「早い時期」（an early age）とは、言うまでもなく幼少期のこと。そして、グリーンがジェイムズその人の過去に結果的に認めたものは、どす黒いエゴイズムとユダ・コンプレックスであり、家系の血の流れに認めたものは超自然的悪であったが、とくに後者がジェイムズのカトリシズムへの接近の理由のひとつになっているとグリーンが判断しているのは看過されるべきではないが、[21]詳細は当該の一連のエッセイにゆずる。そして、ここではピーター・カヴニーの以下の発言に耳を傾けたい。「他の大作家に比してジェイムズの場合は、彼の生来の力量が十分に発揮されずに終わった感が強いのである。だが、子どもを主人公とした作品においては、この欠点も子どもを登場させることで見事に克服され、彼の才能も見事に示されている。閉所恐怖症的に内に閉じ込もった所から、外部の大人の世界の神秘を覗き見る子どもの魂は、ジェイムズがたびたび表現したいと望んでいた感覚の世界と独特の関係を持っていた。」[22]この発言は、子どもを〈内容〉と〈技法〉の双方から押えてジェイムズ芸術の達成の内実に迫ろうとするものである。グリーン文学の批評においても、子ども（時代）に執着していく、つまり《グリーンランド》の次元になぞらえて、子どもたちをその国の住民として認知し、子どもも時代をその エポックをなす歴史と認めていく意味も、けっきょくはそこにあるとしたい。くり返すが、子ども（時代）とはグリーン文学の本質にかかわる強迫観念を生み出した母胎のひとつなのであった。われわれはしたがって、作品をひとつひとつ丹念に探って、子ども（時代）を発見しようとする労を惜しんではならない。さらに、子どもたちのシルエットに満足するのではなく、可能であれば、あの子とこの子の表情の違いにも敏感になりたいものだ。もはや一緒くたに、童顔であると判断することはできない。

つまり、子どもの描かれ方の議論なのだが、回想される子どもとは〈ディエゲーシスの子ども〉あるいは〈語られる子ども〉としてその期に佇む子どものことであり、対する現実態の子どもとは〈ミメーシスの子ども〉あるいは〈示される子ども〉のことである。作者の介入は当然前者に発生するが、それでも幼い口を突いて出る言葉、視線、意識は各々の年齢に適ったものであるかどうかをきちんと見極めたい。大人である作者の、あるいは語り手の介入があるとすれば、子どもの〈アピアランス〉と〈リアリティ〉の融合離反の相に敏感になりたい。端的に言って、「見つけたぞ」（一九三〇）の十二歳の反抗児は三人称によって表現されているが、効果としては〈ミメーシスの子ども〉のそれを見事に達成しえている。ところが、「地下室」（一九三六）の七歳の男児の場合は、語り手の介入が激しく、その典型は「これが人生だ」（This is life）というその年齢にまったく折り合わない言説となって表現されている。それでも、この子が子どもとして存在しえているとすれば、それはなにによって可能なのか。そして、「破壊者」（一九五四）の、視線が暗くすわって、妙に不気味な新入り少年が先導するヴァンダリズムは、本当に腕白少年団のものか。そうだとしても、語り手が「……そこで、彼ら（少年たち）は創造主のように真剣に作業していた。けっきょく、破壊とは創造の一形態なのだ」[23]と告げるとき、とくに後者の諺風のセリフは無心で遊んでいる最中の子どもたちのリアリティとどのように折り合うのか、折り合わないのか。

つけ加えるが、『力と栄光』と『事件の核心』（一九四八）の間の違いを子どものありように見たマーティン・ターネルは、前者では子どもたちはある程度大人の世界の批判者になっているのに反し、後者では大人の世界の未熟さを強調し、拡大しているだけだという趣旨の発言をして[24]作品評価の判断基準にしようとしている。問題はここから始まるという意味で、発言内容は問題提起にとどまっているにしても、これが豊かな議論を約束してくれると期待できるのは、グリーン批評では英米圏で先導的な立場にあり、それでいて議論の有効性もいまだ失われていないケネス・アロットとミリアム・ファリス両者の視線が、とくに『力と栄光』を語って子ども（時代）の存在を見逃さなかったという先例があるからだ。[25]だが、その後の数多い論者たちは、視線を外しがちであった傾向が強かったことは否定できない。もちろん、傾向にはいつも例外がつきものである。そして、その例外が『力と栄光』の作品論でもすぐれて説得力を発揮しているのは、偶然の一致なのではない。[26]作中に直接描かれた子ども像、あるいは子ども時代の情報の内容の精査如何が、じつはグレアム・グリーンの文学論の成否を左右しやすいという点を、これらの作品論は見事に立証している。理由は言うまでもない。原風景だからである。現前化している風景は、原風景の存在によって三次元化する。人間にとって可聴域内にある音は、域外に漂う聞こえざる音によって厚みを増すことと同じである。われわれはやはり、《グリーンランド》においては「子どもは所詮子ども」などと割り切らないほうがよい。

注

1 Greene, "Walter de la Mare's Short Stories," *Collected Essays* (London: Bodley Head, 1969) 141.
2 Richard Hoggard, "The Force of Caricature: Aspects of the Art of Graham Greene, with Particular Reference to *The Power and the Glory*," 1970, *Graham Greene: Collection of Critical Essays*, ed. Samuel Hynes (Eaglewood Cliffs: Prentice-Hall, 1973) 82.
3 Greene 141.
4 Mark Schorer, "Technique as Discovery," 1948, *Forms of Modern Fiction*, ed. William Van O'Connor (Bloomington: U of Minnesota P, 1964) 9-29.
5 Greene,"François Mauriac," *Collected Essays* 120.
6 Greene, "Walter de la Mare's Short Stories" 143.
7 Greene, "François Mauriac" 115.
8 Greene, "Walter de la Mare's Short Stories" 141.
9 Greene, Introduction, *Journey without Maps*, collected ed. (London: Bodley Head and William Heinemann) ; *Ways of Escape* (London: Bodley Head, 1980) 45.

10 G. R. Boarddman, *Graham Greene: The Aesthetics of Exploration*, diss., The Claremont Graduate School, 1963 (Ann Arbor: UMI, 1963) 4l.

11 Greene, *A Sort of Life* (London : Bodley Head, 1971) 12.

12 Greene, "Henry James: The Private Universe," *Collected Essays* 24.

13 中村雄二郎『術語集―気になることば』（岩波新書　一九八四）七六。

14 Greene, "The Young Dickens," *Collected Essays* 109.

15 Greene 109.

16 Greene 106.

17 Greene, *A Sort of Life* 96-103, etc.

18 Greene, "Francois Mauriac" 115.

19 Greene, "Henry James: The Private Universe" 23, 36.

20 Greene 34.

21 Greene "Henry James: The Religious Aspect," *Collected Essays* 49.

22 Peter Coveney, *The Image of Childhood; the Individual and Society: A Study of the Theme in English Literature* (Penguin,1967) 198.

23 Greene, "The Destructors," Collected Stories., collected ed. (London: Heinemann and Bodley Head, 1972) 337.

24 Martin Turnell, *Graham Greene: A Critical Essay* (Michigan: William, B. Eerdmans, 1967) 27-28.

25 Kenneth Allot and Miriam Farris, *The Art of Graham Greene* (1951; New York: Russell and Russell, 1963) 173-93.

26 例えば、山形和美『グレアム・グリーンの文学世界―異国からの旅人』（研究社一九四四）、一九五―二二三。
Lilian B. Brannon, *Iconology of the Child Figure in Graham Greene's Fiction*, diss., East Texas U (Ann Arbor: UMI. 1977) 68-99.

Ⅱ　国境線地帯の風景

その此方と彼方

《グリーンランド》には国境線が重要な意味を担ってたびたび登場する。『力と栄光』はウィスキー神父が国境線を越えられなかったところから始まり、「橋の向こう側」のキャロウェイ氏は国を隔てる橋を渡ってしまったために死んでしまった。『ヒューマン・ファクター』のカースルが万感の思いで国境線の彼方に姿を消して亡命したのは家族愛のためであった。国境線は二つの世界を隔てるものであると同時に、二つの世界をつなぐものでもある。そして何より二つの世界の隣接地帯である。グリーンが関心を寄せたのはこの境界領域という空間ではなかったか。こちら側からあちら側を見ることもできれば、片足だけあちら側に踏み入れることもできる、マージナルな異空間なのである。そこでは人の心は浮遊し、彷徨し、宙吊り状態にもなる。

この境界領域を、まず阿部はグリーンの人物たちの自己と他者の間に求めた。『燃え尽きた人間』はすべてを捨ててアフリカの奥地に辿り着いたケリーの自己探求の物語であるが、そこでは他者がどのように機能しているかをバフチンの他者論などを手がかりに考察する。続いて小幡がスポットを当てようとする境界線は回想される少年期のグリーンの内的・外的空間の双方に等しく存在する。父親がパブリック・スクールの校長職にあったため、その書斎が他ならぬ一家の私邸と校舎の境界地帯に位置していた。少年の目には愛と憎悪が渦巻く国境線と映り、それが類まれな想像力により彫琢されて、やがて《グリーンランド》の多彩な国境線へと発展していくことになる。小幡はこの国境線を日常的に跨いで往還する父の姿の変容を《グリーンランド》全土へと求めて行く。最後に岩崎が論考するのは、ヴェトナムを舞台とする『おとなしいアメリカ人』の中にある象徴的な境界線である。イギリス人記者ファウラーが、若いアメリカ人青年パイルと関わることで、どのように〈不参加〉の姿勢から〈参加〉の姿勢へと苦渋の境界越えを果たしていくか、そしてそのことは何を意味するかが問われていく。

ともあれ「地獄の存在を信じたからこそ、天国の存在を信じた」というグリーン一流のパラドックスは、二つの世界の境界が実は動的なものであることを、そしてあちら側とこちら側の関係性を見つめることができるのはまさにこの境界領域であることを、象徴的に示す言葉であると言えよう。（阿部曜子）

4 内なる国境
《グリーンランド》の自己と他者の構図

阿部曜子

序

子どもの世界を出て、大人の世界に入った《グリーンランド》の中心人物たちは、みな、どこか疲れ、項垂れている。ため息をつき、迷い、あきらめていたり、時には不安に慄き、怯えていたりもする。意気軒昂たる自信に満ちた英雄は一人としていない。殉教の死を遂げた『力と栄光』（一九四〇）のウィスキー神父でさえも、テリー・イーグルトンが言ったように「不承不承ながら強いられた英雄たち」(reluctant heroes)[1]の一人なのである。そのような彼らが自分自身を、また自分の人生を見つめるとき、そこには必ず誰かがいる。ウィスキー神父にとっては彼を追う主任警部、『おとなしいアメリカ人』（一九五五）の中年記者ファウラーにとっては恋敵でもあるパイル、『喜劇役者』（一九六六）の根無し草ブラウンにとってのマジオ博士のように。自分ではない誰か、すなわち〈他者〉との関わりを通して、堕ちた英雄たちがいかに変容を遂げていくかを描くところにグリーン文学の真骨頂のひとつがあると言ってもいい。[2]

自己は〈他者〉との関係を抜きにしては語れない。自分自身に向けた眼差し、自己イメージの形成には、意識されることのない〈他者〉が常に存在している。〈他者〉は主体としての自己の裏側に執拗に張りついて、主体が自身に向かい合うことを促す一方で、自己の根底を揺さぶり、時にはそのごまかしを暴露し、脅かす。〈他者〉は自己を支え、そして自己は〈他者〉に曝されている。

このようなグリーンの世界の自己と他者の関係性を、グリーンの描く人物たちの中で最も自己意識が強いと思われる主人公が登場する『燃え尽きた人間』（一九六一）を中心に考察していきたい。

一

その船客は日記にデカルトのパロディを綴った。「我、不快に感ず。ゆえに我生けり」（I feel discomfort, therefore I am alive.）。するとそれ以上は何も書くことがなく、彼はペンを置いた。[3]

『燃え尽きた人間』の冒頭で、ひとりの船客として登場するケリー（Querry）が日記に最初に綴った一文がデカルトの「我思う、ゆえに我在り」（Cogito, ergo sum.）を捩ったものであるということに注目する時、そこにテクストの読みの方向づけを見出すことは可能である。あらゆるものを疑うことから出発し、最後に疑いつつある自分の存在のみが確かなものであるとの結論に達した十六世紀の近代哲学の祖の言葉がケリーの胸中に潜在的にあったということは、過去のすべてを捨ててヨーロッパからアフリカ奥地へ逃れてきたこの高名な教会建築家の旅が、自己の存在根拠を求めてのものであることを暗に示している。それは「自己の存在の意味を探究し続ける人」[4]であるケリーが、「人間としての再生」[5]を目指す「自己回復のプロセス」[6]として読む、これまでの幾多の作品解釈に共通するものでもある。

しかしここでより注目すべきは、ケリーの言葉がデカルトの定式の引用そのものではなく、〈パロディであった〉ということである。先に引用した冒頭部分に眼を向けた読みとしては、ケリーの不快感が暗示するものへと向かう考察や、[7]デカルトの三段論法を応用しての開幕は論理的思考に重きを置くケリーの合理主義的姿勢を示すものであるとする解釈があるが、[8]これらはいずれも日記に記された一文が、デカルトの言葉そのものではなく、ケリーの言葉に置き換えられたものであることを問題にしていない。なぜパロディであったのか。その答を求めるには、ケリーというプリズムを通しての屈折の仕方を注視することが必要となろう。するとテクストはまた違った様相を見せ始めるのである。まず気づかされるのはデカルトにおけるコギト、主体の「思惟」がケリーの日記では不快を感じる（feel）「知覚」へと変化していることである。このコギトの消失が意味するものは決して小さくない。そこには、自我の本質を理性や悟性として捉える近代的パラダイム、あるいはケリー自身のそれまでの認識や思考体系に対する疑問符が見え隠れしている。理性によりすべてを認識し得る自己こそが実体であり真の存在であるとする合理主義的存在論から、ケリーはまさに抜け出ようとしていると捉えるならば、対象の示されていない不快感は、ケリーの存在自体に向けられたものであり、その自己存在への嫌悪感が、ケリーのペンをコギトの帰結としての「我あり」（I am.）に向かわせず、「我生けり」（I am alive.）へとベクトルの矢を向けたという解釈もできる。それ以上は何も書くことがなかったという簡潔な一文には、〈わたし〉とは何者であるかという存在証明への希求のみならず、ケリー自身の認識を含めた内面世界の変革への兆しがすでに暗示されていると読めるのである。

では、ケリーの自己認識、あるいは自己意識とはいかなるものなのであろうか。本稿は、ケリーの自分に向けられた眼差しを辿るものであるが、ここで認識主体としての自己とともに光が当てられるのは、存在する我を我たらしめる我ならざるもの、すなわち自己の外部性としての、そして同時に内在化した〈他者〉の存在である。ケリーが超えようとしているデカルト等の独我論や二元論が、統一された自己の中での主体の優位と定位を前提として最終的には自己の明証性や絶対性を目指そうとするものであることを考えるならば、それを読む我々もそのような枠組みをはずして、自己とともにある存在者としての〈他者〉を措定し、そこから主体としての自己を問うという読み方ができるのではないか。[9] ケリーの自己探究の姿に我々が見つめなければならないのは、このような〈他者〉と自己との関係性であり、また〈他者〉の存在に裏打ちされた自己という存在の不確かさや脆さである。

二

ケリーにとって〈他者〉はまず、受け入れがたい、「よそもの」として登場する。旅の中で終始ケリーは自らを異邦人のように感じていた。それは笑い（laughter）に対する過剰なまでの反応として表現されている。途中立ち寄ったある神学院では、神父達の賑やかな笑い声がケリーを苛立たせ、その場から離れさせる。ところがそこから逃れた先にも別の集団の笑いが彼を待ち受けていて、ここで初めてケリーは笑いを「悪臭のように」（八）嫌悪している自分に気づく。さらに月明かりの導くままに辿り着いたある貧しい聚落では、缶詰の空き缶をたたきながら不器用に踊る老女の無邪気な笑いでさえ、「自分を嘲弄するものに感じる」（九）ケリー。神父や村人達は決して自分を話題にして笑っているのではないことを頭では理解していながらも、ケリーは自分が見捨てられたように感じてしまう。自分だけの世界に閉じこもってしまった彼にとって、その耳に聞こえてくる笑い声は、「敵国の見知らぬ言語」（九）も同様のものとなる。ここに見出せるのは、ケリーが感じている〈他者〉への漠然とした、しかし隠しようのない違和感であり、〈他者〉との距離である。この時点では、笑いはその遠い〈他者〉の側にある。

〈他者〉の陣地にあるのは笑いだけではない。孤独を抱えたまま寝室に引き下がったケリーは、船長の「苦しみ」（suffer）という言葉にも敏感に反応し、話しかけずにはいられなくなった自分を発見する。

「私は何に対しても苦しみません。苦しみがどういうものかさえわからなくなっています。そちらの方も私は最後まで行ってしまったのです。」

「そちらの方も、とは？」

「他のすべてのことと同じです。すべてが終わってしまったのです。」（一〇）

ケリーには、苦悩もまた彼方のものとなっている。苦しむことも含めてあらゆることに終止符を打ってしまった自分は、もはや行き着くところまで来てしまった。すべてが終わってしまって、残されたものは何もないという虚無感を抱えた言葉は、告白にも似た響きを漂わせ、それはエピグラフに示されたダンテの詩の残響と重なり合う。「我、死せざりしかど、命は残りなく失われぬ」(Io non mori', e non rimasi vivo. [I did not die, yet nothing of life remained.]) 死んでこそいないものの何も残っていない、まさに生ける屍も同然の姿がここにある。ケリーの眼差しは、笑うことや苦しむことを忘れてしまった自分に冷静に向けられている。その自己探究の旅はこのような自己認識から始まるのである。

三

船が最終的に辿り着いたのは、密林奥地で神父達が営むあるハンセン病施療院であった。最初は「完全にほうり出されているという恐慌」(二一)や疎外感を感じるケリーであったが、様々な出会いの中で、人々とその関わりを通し自己を見つめていく。そしてその過程は、ケリーが自らを表現する言葉にも読みとるができる。

初めは謎の人物として登場し、曖昧に描かれ、自分については多くを語ろうとはしないケリーであったが、我々は至る所で、ケリーの自分自身を表す言葉に出会うことになる。文明の地や世間を逃れ隠遁生活を送ろうとしているはずのケリーであるが、「私はもう引退してしまった」というその言葉とは裏腹に、テクストにはケリーの自己を語る言葉や、自己を語らずにはいられない姿があちこちに散見される。自己を語る言葉とはケリーの内なる自己イメージと密接に関わるものであるが、次にこのケリーにとっての自己像を〈他者〉との関係において考察してみたい。

まずケリーは自らをハンセン病患者に例える。かつて自分が愛していたと思っていた少女が夢に登場し、自分の苦しみをわかってくれようとしないとなじったとき、夢の中のケリーは言う。「残念だけど、私はずっと遠くまで来てしまった。何も感じることはできない。私はハンセン病患者なのだ」(二九)と。また最も影響力を受けることになるコラン医師に向かっては、何に対しても興味や意欲を抱けない乾燥した内面を告白した後、「私も手足が脱落してしまった患者の一人なんだよ、ドクター」(四六)と表現したり、ケリーを執拗に追いかけるジャーナリスト、パーキンソンには、コラン医師の言葉を借りて、自分は「燃え尽きた人間」(burnt-out case)(一二五)であると称する。[10] それは想像を絶する苦痛を経た後の、ハンセン病の最終段階にある患者を表す言葉で、彼らは病状がそれ以上進行しないという点においては治癒したとも言えるのであるが、菌に蝕まれた身体の各部が脱落したり、その感覚を失ってしまっている。ケリーは自らの精神状態をそこに重ね合わせる。仕事や女性への情熱も神への信仰心も失ったケリーの姿が、病のメタファーにより「精神的に燃え尽きた人間」[11]として読む者に強く刻まれてゆくのである。

このような肉体的な病と精神的な病の相似による比較の、テクスト内での暗示的な効果についてはすでに様々に論じられているが、[12] ケリーが自己を表現する手段として病の暗喩を使ったことに注目するならば、そこには自己を描くことへの過剰なまでのこだわりが感じられる。この病が聖書の中にも多く出てくることを元キリスト教信者であるケリーはおそらく熟知していたであろうし、特に中世においては十字架の名の下に罪の烙印を押され社会から排除されていたこの病気の患者たちが、周縁者の記号としてケリーの中に潜在していたかもしれない。[13] しかし、テクストから我々が直接推測できるのは、ケリーのこのような病の比喩による自己表現が、彼の従僕となった、すでに手足の指をなくしてしまっているハンセン病患者のデオ・グラチアスについてコラン医師から聞いた話が基になっているらしいということである。

医師は、患者の手足の脱落は痛みの代償なのだと言ってケリーを安心させた。苦痛に苛むのは指が強張り神経が締めつけられる患者だ。その痛みは耐えがたいものである（時折夜中に彼らが苦痛のために泣いているのが聞こえる）が、この苦痛は手足の脱落のある種の保護でもあるのだ。ケリーはベッドに横になりながら、自分の指を曲げてみたが、苦痛を感じることはなかった。（一二一）

堪え難い程の痛みを経た後、その激痛という苦しみとひきかえに彼等は不具となるのだが、苦しみは時として不具に対する防御にもなり得るという医師の言葉が、もはや自分は苦しむということを忘れてしまったと思っているケリーの中に沁みこんでいく。ベッドに横たわりながら、デオ・グラチアスのかつての痛みをまるで自らの感覚に置き換えるかのように自分の指を撓めているケリーであるが、注目すべきことは、肉体的には健康であるはずのケリーが痛みを感じなかった、もしくは感じようとしなかったことである。なぜか。ケリーにとっては、もはや精神的な苦痛を感じなくなった自分を「燃え尽きた人間」にするために、肉体的な痛みをも感じないことが必要だったのではないか。かくしてケリーは、〈他者〉の物語を自己の物語として取り込んで行く。

さらにケリーが自己を表現したり、規定したりする言葉が、〈他者〉の侵入を阻むがごとくに使われている場合がある。興味本位や自己満足のために、ケリーの中に遠慮なく入ってこようとする者たちに対して向けられる「私はこういう者だ」というケリーの言葉は、時として隠れ蓑やシェルターになり、彼に心を閉ざさせてしまう。例えばケリーが有名な建築家であると知り近づいてくる自称「善きカトリック信者」のライケルには、「私は神や愛について語る資格はない」(三九)、「私には才能はない」(一六八)と、『タイム』誌の表紙を飾っていた頃の自分、「あのケリー」(*the* Querry)ではないことを強調する。また自分の宗教的苦悩をケリーの中にも無理矢理見つけ出そうとする若きトマ神父に向かっては、「私は信仰を持たない人間だ」（一〇二）、「私は善人なんかではない」（一五七）と、相手の中にある理想化された自分の姿を否定し、「できることならもう話したくない」（一〇三）と閉め出してしまう。このような〈他者〉の侵入への頑な拒否が意味するものは、自己が対象化されること、〈他者〉の眼に曝されることの拒否であり、また同化されることへの抵抗でもある。さらにケリーの中には、ライケル達の抱く偶像化された英雄としてのケリー、すなわち嫌悪する過去の自分は虚像であり、本当の自分ではないという思いがある。そのズレは彼にとって容認しがたいものなのである。ここには〈他者〉の中の自己イメージ、あるいは見られる自己に対するケリーのこだわりが感じられる。

バフチンは人間の根源的な存在様式についての覚え書きの中で、自─他空間の座標を「自分にとっての私」と「他者にとっての私」と「私にとっての他者」に分けて考察する。[14]〈他者〉の中の自己イメージに苛立ち揺れるケリーは、バフチンの言葉を借りるなら、一見「自分にとっての私」と「他者にとっての私」の狭間で立ち往生しているかに見える。しかし、バフチンの言う「私（自分にとっての私）という世界で唯一の重荷」[15]を果たしてケリーは持ち得ているであろうか。ケリーが統一の中にあると信じている今の自己も、結局は過去の「他者にとっての私」の延長であったり、あるいはそれを裏返したものに過ぎないのではないか。ケリーの戸惑いはむしろ、あると信じて疑わなかった「自分にとっての私」の感触がつかめなくなったこと、主体としての自己の均質性に確信が持てなくなったことに起因していると思われるのである。

四

しかしケリーは〈他者〉を拒み続けたわけではない。〈他者〉は自己を脅かす者でありながら、同時に自己を惹きつけないではいられないアンビバレントな存在である。自己と〈他者〉は反目し合ったり、牽制し合ったりしながら、その関係性の中にお互いの存在理由を手探りしているかに見える。ケリーもまた〈他者〉との相互関係の中で様々な自己を見出していく。

デオ・グラチアスとの間に「自然な信頼感」（natural confidence）（五五）が生れたというのも、両者がその関係性の中での自己の諸相を見つけたことを示しているとも言える。行方不明になったデオ・グラチアスの跡を追って誰もが恐れるジャングルにのりこんだのも、最初は単なる好奇心からだった、とケリーは言う。しかし、恐怖におびえるデオ・グラチアスの指のない手を握ってやりながら過ごした一夜を、後にコラン医師に語りつつ、ケリーは以前とは違う自分を発見する。

「……この男は私を必要としているのだなという奇妙な気持ちになった。」

「なぜ奇妙なんだい？」とコラン医師は訊いた。

「私にとっては奇妙だったのだ。私はこれまでの人生でしばしば他人を必要としてきた。私が他人を愛する以上に人を利用してきたことについて君は私を責めるかもしれないが。必要とされるということは特別な気持ちだね。興奮剤ではなく、鎮静剤だ……。」（六一－六二）

デオ・グラチアスに必要とされていると感じた時の、自分でも説明できない気持ちを、ケリーは「奇妙な気持ち」（odd feeling）と呼んだが、それは〈他者〉との間の、緊張や疎外をもたらす境界がなくなったかに思える安らぎにも似た瞬間だった。[16] その後、コラン医師は初めて「ケリーの顔がゆがんで笑顔らしきもの」（六二）になったのを見て驚く。笑いは徐々に〈他者〉の側のものではなくなりつつある。

またケリーを心に傷をもつ患者のひとりとみなして、その癒える過程を見守り続けたコラン医師は、ケリーの自己探究の旅に、つまりケリーが自分を語る上で、なくてはならない人物である。なぜならば、時にケリーの自己認識はコランという〈他者〉との対話を中心に深められていくからである。例えば天職を巡って「私は仕事をやめてしまったと君に言ったよ」（四四）とケリーが言えば、「人は天職からは隠退できないよ」（四四）と医師。「人はなぜこのように天職を選ぶのだろう」（一四〇）とケリーが問えば、「選ばれるのだよ。神に選ばれるという意味ではない。偶然が選ぶのだ」（一四〇）と無神論者のコランは答える。ケリーは二人の違いを見つめつつ、その差異の中で過去の自分を振り返る。常に患者のことを頭に置いているコラン医師と違い、「私は私の空間に住む人々のことを気にかけなかった。空間そのものだけに心奪われていた」（四五）と、自分の建てた建築物にしか関心のなかった過去の自分は、結局、自己満足の為に仕事をしていたのだと悟るケリー。かくしてケリーは、コランという〈他者〉を通しても自己の物語を編んでいくのである。

さらにコラン医師はケリーの強すぎる自意識や、〈他者〉の中の自己イメージへの執着を鋭く突き、ケリーに病院での仕事に参加することを承諾させた後、〈他者〉に対する姿勢について次のように指摘する。

「私は君について何も知らないが、人間はおおよそ同じようにできているものだ。君は今まで不可能な実験をやろうとしていた。人は誰も一人では生きてはいけないよ。」（五五）

ここにはコラン医師の他者理解に対する考えが窺える。「私はあなた以上にあなたのことを知っている」（一〇四）と言い切るトマ神父やライケルとは対照的に、実際にはケリーに最も近い人間でありながら、彼のことを何も知らないと言うコランの言葉からは、「人は人のことを完全に理解することはできない」という〈他者〉への基本姿勢がある。〈他者〉という闇の世界を理解できるという思い込みは傲慢さからくるものであり、また人が人を理解したいと思う心の奥底には、〈他者〉を同化させたり、支配しようとする欲望が潜んでいることを知っているこの医師は、自己と〈他者〉の間の境界を無理に超えようとはしないで、その差異そのものの中に存在する人間を見つめる。〈他者〉との差異だけでなく、自分自身の中にも存在する違和や不確かさも通して生を紡いでいこうとするコランにとって、大切なのは絶対的他者としての神や永遠を信じることではなく、目の前に苦しむ患者がいるという現実そのものなのだ。このような存在者として我々は皆似た者どうしであり、人はひとりでは生きていけないものなのであると、コランは捉えている。

　コラン医師のこの他者認識は、ケリーにも大きく影響を与えることとなる。たとえばケリーを謙譲の心を持つ悩める信仰の人と崇めるトマ神父の「私たちはともに、（信仰上の）疑念を抱いています」（一〇三）という言葉に、ケリーは、神父が彼自身の心を安定させるために自分を同類項に入れたがっていること、つまり〈他者〉であるケリーを同化させたがっていることを知り、「私は信仰を生活の外へ追い出してしまった。女を追い出したように」（一〇三）とか、「あなたが疑念ゆえに苦しんでいらっしゃるとしたら、それは明らかにあなたが信仰上の苦しみを持っているからですよ」（一〇四、傍点筆者）と述べる。暗闇を恐れるのと同様に自分の心の乾燥（aridity）や弱さをひとりで直視して受け止める勇気がないトマ神父は、自分の不安や迷いをケリーの中に投影しているに過ぎない。「善人ほどひどい心の渇きを感じるのです」（二一〇）と、ケリーを偶像化することによって自分を正当化し、あるいは自己欺瞞を糊塗してゆくトマ神父もまた、ケリーという〈他者〉によって自己の物語を作っていることを、ケリーは理解しつつある。

さらに自分は心の奥底で深遠な愛を信じていると言いながら、ハンセン病患者を恐れ、若い妻を彼の理想とするキリスト教的結婚の枠内に押し込めようとするライケルにとっても、重要なのはかつて世に名の知れた「偉大なるケリー」と知り合いになることであった。自分のシステムを固めるための「モデル」（example）としてのケリー像が必要だったのである。ライケルにおける〈他者〉としての自己の役割、すなわち自己の他者性に気づく過程で、ケリーはかつてコラン医師が自分に向かって言ったように、「私とあなたはそれほど違いはないのだと考え始めている。二人とも愛が何であるかを知らない」（一六九）と、自分もまたライケルとそう違わないのだと思うようになる。

このような自己の中に〈他者〉を見たり、〈他者〉の中に自己を発見する相対的な視点は、グリーンの作品の中にしばしば出てくるが、[17]『燃え尽きた人間』においてはケリーとパーキンソンの対話の中で、より明確なものとなる。世間を驚かせるような特ダネを求めて、ケリーを「贖罪のために隠遁した聖者」に見立てた記事を書きたがっているこの野心家のジャーナリストの中に、ケリーはかつての自分を見る。そのような人間が共通して持つ「堕落」(corruption)(一一五)のにおいを嗅ぎ取り、「我々は同じ穴の狢であり」(一一五)、行き着くところまで来たという意味において、結局二人とも「燃え尽きた人間」(two burnt-out cases)(一一六)なのだとケリーは言う。そしてそれまでは過去を振り返ることを拒否していたケリーであったが、パーキンソンとの対話から、かつての自分が一度も人を愛したことがなかったことや、女性について自分自身を欺いてきたのと同様に、実は仕事においても自分は自分自身を欺いていたことを悟っていく。

さらにここで興味深いのは、ケリーがパーキンソンを自分の姿見に例えていることである。

「君のことをずっと待っていたよ、パーキンソン。あるいは君に似た誰かをね。君を恐れなかったわけでもないが。」

「そうですか。でもなぜ?」

「君は私の姿見だ。私は鏡に向かって話をすることができるが、人は鏡を少し恐れもする。鏡はまっすぐに像を送り返してくるからね。」(一二三)

ケリーは自分に似ているパーキンソンを鏡像に見立てているわけであるが、ここでは自己と他者の構図はどのように考察されるのであろうか。鏡の中の自—他関係についてのバフチンの論考を援用して考えてみたい。

バフチンは、主人公と空間形式についての考察の中で、まず人が鏡の前に立ち自分の姿を見ている時の偽装を指摘する。鏡を前にした人が見ていると思い込んでいるのは、単なる自分の外貌に過ぎず、実際は「ある定かでないあり得べき他者に生を移入し、その助けを借りて」、[18]「自分を蘇生させ、形成し」[19]ているのであるとバフチンは捉える。つまり鏡の前の我々は〈他者〉の眼に映った自己像、〈他者〉によって作り出されたイメージを自分のものと信じて見ているのだ。鏡を使っての自己観察という行為の陰には、意識されない〈他者〉が媒介者として常に存在しており、すなわち「鏡を見るとき、わたしは一人ではなく、他者の心にとり憑かれている」[20]と言えるのである。

ケリーの場合も彼が自分の鏡像とみなすパーキンソンを、つまり自分を、〈他者〉の眼で眺めているのである。では彼にとっての〈他者〉とは誰か。不特定多数の世間という名の〈他者〉もあると思われるが、次のようにケリーが鏡像（＝パーキンソン）に向かって言うときの、意識され得ない〈他者〉が誰であるかは、前述のコラン医師との天職を巡る対話を思い起こせば、明白であろう。

「君は私に似ている。天職を持つ人間は他の人間とは違う。失うべきものがそれだけ大きいのだ。我々には様々な形で堕ちた神父の面影がある。君はかつて天職を持っていた。それを認めたまえ。ただ書くというに過ぎない天職であったとしても。」（一一五）

天職を持つ人間とそれを失ってしまった人間の対置。鏡の前に立つケリーはコランという〈他者〉の眼で、パーキンソンという鏡像を、そして自分自身を見ている。「堕ちた神父」（spoilt priest）[21]のイメージは、ケリーの自己と鏡像のイメージであるが、それはコランをはじめとした〈他者〉を通して得られたものでもあるのだ。

そして鏡の中の像に向けられている視線は、ケリーのものでありながら、同時に〈他者〉の眼差しでもあり、それは自分自身に向けられた視線でもあるということに、ケリーが気づきつつあるとすれば、パーキンソンを見つめながら、ケリーは自分もまた見つめられていること、眼差しを受ける存在であることを感じているはずである。[22]すなわちケリーは見ることによって見られる存在となったのであるが、対象化されること、モノ化されることへの漠然とした不安が先の引用文の中の、パーキンソンの出現を待っていたのだけれど恐れてもいたという鏡像への両義的な思いや、パーキンソンに向けての「私は自分自身が嫌いであると同じ程度に君のことが嫌いだよ」（一一三）という台詞に表れていると言えよう。

五

ケリーは徐々に笑いらしき表情を見せるようになり、また痛みや苦しみの感情も少しずつ理解しつつあった。コラン医師と次のような静かな会話を交わしている。

「私は何もかもすっかり治ったと思うよ。嫌悪についてさえもね。私はここにいて幸せだ。」「そうだね。君は不具になったにも関わらず、指の使い方をかなり学んでいたよ。ただひとつだけ傷が残っているように見えるし、君はそれを絶えず掻きむしっている。」（一二〇）

まずここで述べられている「私は治った」（I'm cured.）は、ケリーの口からそれまでにも幾度か出てきた「私は治った」とは意味や用いられ方が違うことに注意したい。トマ神父やパーキンソンに向かってこう述べたときは、不具になったけれどもそれ以上は病状が進行しないし、痛みも感じないというハンセン病患者の肉体的状況になぞらえての言葉であり、「私には助けはいらない」や「私は信じたくない」（一〇四）等といっしょに用いられていることからもわかるように、〈他者〉の侵入を阻む防波堤のような役を担った言葉であった。ところが先述の引用文に使われている「私は治った」（I'm cured.）は「精神的に癒された」ことを意味している。かつて自分が抱いていた嫌悪は、賞賛に対してのものであったとケリーは述べているが、実際は「賞賛を受けていた自分自身への嫌悪」であると思われる。そのような自己嫌悪を含む、あらゆるものに対しての見方、向き合い方の変化をケリーは感じているのである。「燃え尽きた人間」でありながら、次の段階へと着実にシフトしつつあり、そのような変容を自覚している。

しかしながら先の会話からは、コラン医師を通してもうひとつのケリー像も浮かび上がる。コランの目に映るのは、回復はしたものの、残った唯一の傷痕を、まるでその存在を確かめるかのように始終撫でているケリーの姿である。ここに示されるのは、この少し前の「君は信仰をなくしたことを悩みすぎているよ、ケリー」（二二八）という医師の言葉からも窺えるように、信仰も含め、過去に失ったものに対する、あるいはそれらを失ったことへのケリーの執着である。「私は二度と帰らない」（二五）、「私は振り返りたくない」（八四）と言いながら、ケリーは過去を捨て切れていないし、またその喪失感は彼に虚無感をもたらしたものの、彼の意識は何かを失った状態にある自分、つまり傷を持った自己に向けられているような気がする。敢えて傷口に触れないではいられないケリーには、もはや傷そのものがレーゾン・デートルになっているかのようでもある。その強すぎる自意識を医師は鋭く見抜いていたと言えよう。

やがてケリーにあまりにも突然の、そして不条理な死が訪れる。妻を寝取られたと思い込み嫉妬に狂ったライケルの銃弾に斃れるケリーであるが、銃口を向けるライケルに言った言葉は、ケリーの自己認識の到達点を知るのに示唆に富む。「私は君以外の誰にとっても『あのケリー』ではない。もちろん私自身にとっても」（I'm not *the* Querry to anyone but you. Certainly not to myself.）（二三二）。「あのケリー」とは世に名を馳せた利己的な野心家であり、神を見失い、自分を欺き、人を愛することを知らない過去の姿である。今の自分は誰にとっても、いわんや自分自身にとっても「あのケリー」ではないという言葉は、実はケリー自身がずっと「あのケリー」を引き摺っていたことの告白でもある。またここには主体としての私（I）と、「あのケリー」でない顔を向ける相手である、対象としてのもう一人の私（myself）が存在している。この「私は私に対して私でない」に還元される定式は、バフチンの言う〈自分にとっての私〉、〈他者にとっての私〉、さらにはその反転としての〈私にとっての他者〉の模索の開始を告げるものと理解することができるし、またそこには統一性や連続性の中での自己定位の放棄がすでに潜んでいるようにも思える。ケリーにとって今や自己とは変化し、ズレを刻みながら存在するものであり、相対的で多様なものになりつつある。

二発の銃声が轟く直前に人々が耳にしたのは、ケリーの「奇妙な、そして医師が近頃では笑い声と解釈できるようになっている、不器用な喉の音」（二三二）であった。自分が笑われたと思い込み怒るライケルに向かって、死に瀕したケリーが言う。「私は自分を笑ったのだ」（二三三）

と。かつては笑いを〈他者〉のものとしてしか受け取れなかったケリーが、今や自分自身を笑っているのである。自己の存在が措定され得るとすれば、それは〈他者〉との関係においてであることを学びつつあったケリーには、すでに自己を眺める複眼的な視点も備わっている。果たして、どのケリーがどのケリーを笑ったのであろうか。自己の存在や諸相を問う旅は、読者にと引き継がれ、ケリーの死をもっても終わることはない。

注

1 Terry Eagleton, "Reluctant Heroes: The Novel of Graham Greene," Eagleton, *Exiles and Emigres: Studies in Modern Literature* (London: Chatto and Windus, 1970) 97.

2 cf. R.H. Miller, *Understanding Graham Greene* (Columbia: South Carolina UP, 1990) 66.

3 Graham Greene, *A Burnt-Out Case* (London: William Heinemann & The Bodley Head,1961) 1. 以下本文からの引用はすべてそのページ数を括弧内に示す。

4 Richard Kelly, *Graham Greene* (New York: Frederick Ungar Publishing Co., 1984) 76.

5 B. P. Lamba, *Graham Greene: His Mind and Art* (New Delhi: Sterling Publishers, 1987) 48.

6 Maria Couto, *Graham Greene: On the Frontier* (London: Macmillan, 1988) 90.

7 Georg M. A. Gaston, *The Pursuit of Salvation: A Critical Guide to the Novels of Graham Greene* (New York: The Whitston, Publishing Company, 1984) 76.

8 Anne T. Salvatore, *Greene and Kierkegaard: The Discourse of Belief* (Alabama: The University of Alabama Press, 1988) 90-91.

9 柄谷行人はデカルトの定式を独我論とはみなさず、その懐疑に絶えずつきまとう他者を指摘する。ただしこの場合の他者とは自分と言語ゲームを共有しない者、非対称的関係に在る者を指す。（『探究Ⅰ』 講談社 一九九八 九―一三ページ） また、デカルトが方法論的懐疑により到達した自我＝近代的自我とすることは誤りであり、真にデカルト的であるとは近代が捏造した等質性を疑うことにあるとする観点からの他者論もある。（永井均「他者」現代哲学の冒険 第四巻『エロス』［岩波書店 一九九〇］二〇九ページ）

10 『燃え尽きた人間』というテクストのタイトルそのものに、グリーンが賞賛していたキェルケゴールの『死にいたる病』の影響が強く表われているという視点から、神の前に対峙する「単独者」としてのケリー像をキェルケゴールの思想の中で読むこともできる。（阿部曜子「G・グリーンのキェルケゴール受容――『燃え尽きた人間』を中心に――」『PERSICA』二八号 二〇〇一 五七―六五ページ）

11 Cedric Watts, *A Preface to Graham Greene* (London: Longman, 1996) 66.

12 ロジャー・シャーロックもハンセン病という病のメタファーに注目し、加えてケリーの創造力の喪失そのものも現代社会のメタファーだと述べる。（Roger Sharrock, *Saints, Sinners and Comedians: The Novels of Graham Greene* [Notre Dame: University of Notre Dame Press, 1984] 184-85.） また、ハンセン病施療院を舞台にしたことの意義として、①肉体的に病むデオ・グラチアスと精神的に病むケリーなど人物達の内面を対置させている、②隔絶された共同体の中であるがために、人間関係のより根源的な意義へとテクストを引き上げる、の二点を挙げた読みもある。（Couto 86.）

13 アルノ・ボルスト、永野藤夫訳『中世の巷にて』下巻（平凡社 一九八七）二八九―九四ページ。

14 ミハイル・バフチン、新谷敬三朗訳「一九七〇―七一年の覚書」ミハエル・バフチン著作集八、『ことば 対話 テキスト』（新時代社 一九八八）三〇五―〇六ページ。

15 バフチン、三〇六ページ。

16 山形和美は、ジャングルの中での体験は「ケリーの変容のプロセスにおいて決定的な結節点を構成している」と物語構造の中で捉える。（『グレアム・グリーンの文学世界――異国からの旅人』［研究社 一九九三］二九〇ページ。

17　例えば *The Quiet American* や *The Tenth Man* の中にもそのような場面は指摘できる。（阿部曜子「グリーンランド、鏡の中の住人たち」『キリスト教文学研究』第一六号　一九九九　七六-七七ページ）

18　ミハイル・バフチン、佐々木寛訳『美的活動における作者と主人公』ミハエル・バフチン全著作第一巻（水声社　一九九九）一五七ページ。

19　バフチン、一五七ページ。

20　バフチン、一五八ページ。

21　「堕ちた神父」のモチーフは『力と栄光』（*The Power and the Glory*）のウィスキー神父をはじめとして、グリーンの作品の至る所に見られる。『燃え尽きた人間』の中においても、パーキンソン以外に、もと神学生だったライケル、トマ神父、院長にも見出すことができる。（Henry J. Donaghy, *Graham Greene: An Introduction to His Writing* [Amsterdam: Rodopi B.V.,1986] 85.）

22　ケリーをめぐる眼差しについては、〈他者〉を「私にまなざしを向けている者」と定義し、対他存在としての自己を「他者によって見られている者」として捉えるサルトルの理論を援用して考察することも可能であろう。（J・P・サルトル　松浪信三郎訳『存在と無』上巻［人文書院　一九九九］四五四ページ）

5　国境線に隣接する父の書斎から

広がっていく父の風景

小幡光正

序

グレアム・グリーンの文学世界を斬新な視点から語って慧眼な発言がひところ際立っていたわが国の論客の一人に、丸谷才一氏がいた。ただし、これについての氏の発言も五〇年代以降は目立っていないようなので、議論の対象も勢いその時期に至るまでの作品に限られていたにしても、ここで言う斬新な視点とはそこに〈追われる男・愛する女〉[1]のパターンを発見しこれを重視することで、作品世界の娯楽的要素を強調していく姿勢に基づくものであった。ちなみに、世評に逆らってまでもと今となっては思われるが、自作を《ノベル》と《エンタテインメント》とに分類していた時期[2]の呼び方に準じると、それこそ《ノベル》の代表作として屹立していたはずの

『事件の核心』（一九四八）をきわめてスリリングな弁舌で論破していった氏の議論[3]も、あえて《エンタテインメント》の領域から照らし出したことによるもので、この最大の問題作の大作ではあるが、傑作にはなりそこねたらしい所以も、そのことで見事に摘出されたと判断できる。

さてこの丸谷氏が、ドストエフスキーのチーホン憎正や巡礼マカール、なかんずくゾシマ長老に代表される、ユングの心理学でいう〈元型〉としての〈賢い老人／老賢者〉（Wise Old Man）の型がいわゆる《グリーンランド》（Greeneland）には欠けている点を指摘し、次のように発言したことがある。「父の権威を最初から除外した場所で、母の愛が勝利を占めることはやさしい。賢い老人が失われているとき、大いなる母は、たとえさほど大きくなくても大きいように見える。」[4]二項対立でこそ、一項も客観的に強調されうるという論理だろうが、ここで言われている〈大いなる母〉つまり〈太母〉（Magna Mater）とは、〈老賢者〉の対概念として措定されているわけだが、氏の発言ではこの〈母〉もグリーンの手を経て彫琢されると、『情事の終わり』（一九五一）の結末の「あの気遠いじみたフェミニズム」[5]に堕すとまで決めつけられていた。この作品のヒロインが槍玉にあげられているかぎり、現代の「聖女譚」[6]としても、あるいは「奇跡劇」[7]としても読める原作のありようがそこでは指弾されたということにもなるのか。一九四〇年代末にフランスの文芸評論家ジャック・マドールによる発言を皮切りに、[8]その後のグリーン評価のキーワードのひとつとなっていった「母系の世界」なるものも、カトリシズムの枠組がかりにも外されてしまうと、その種のフェミニズムとまでこき降ろされたのかとすれば、穏やかに聞き流すというわけにもいくまい。

ところで、ここでの問題は別である。つまり、丸谷氏の発言は一方で『負けた者がみなもらう』（一九五五）という、作者自身の回想でもその時期に新機軸を打ち出したかったという意図が込められていたらしい。作品に登場してくる Grand Old Man こと GOM とアクロニム風に綽名される好々爺風情の大株主の実業家が、〈老賢者〉の型として、当時の《グリーンランド》で唯一例外的な存在として指摘されていた点が、本論の出発点になる。

一

『負けた者がみなもらう』は、ロンドンはさる一流会社の、しかしうだつの上がらない一会計係の中年男が主人公である。この四十男、近々十五歳も年下の娘との彼にとっては三度目の結婚を控えて、式場の教会も新婚旅行の行き先もすでに決まっていた。ところがある日、仕事のことで社長室にじきじき呼び出され、彼の鋭い数理感覚ぶりがたまたま大株主の社長、つまり上述のゴム氏の認めるところとなった。そして、話がひょんなことで彼の結婚の件に及ぶと、当事者の予定などお構いなく、自分が証人になるから、モンテ・カルロの市役所で市長立合いのもとに挙式し、社長専用のヨットで新婚旅行をやれという。おまけに、さっさと秘書に命じて現地のホテルまで予約。

このように、作品は波乱含みに幕を開けるが、職権乱用の強引さで当初は割り込んできたゴム氏の存在が私の問題の引金となる。彼が《グリーンランド》の住民たちのうちで、一貫して抜きん出て刮目に価するのは、その後のストーリーの特に後半部分において明らかだ。つまり、年齢の不釣合いも《グリーンランド》では珍しくないだけに、この点で議論の触手もくすぐられるが、この相思相愛のカップルは口約束を信じて半ば追い立てられるように現地に赴き、社長予約の豪華なホテルに投宿したまではよい。ところが、ゴム氏は肝心の挙式当日になっても現れず仕舞い。仕方なく、二人は証人の立合いもなく、挙式だけはすませるが、翌日以降も待てど暮らせど氏を乗せたヨットは入港してこない。この間の丸九日間というもの、スポンサーもいないというわけで、早々に気になりだした乏しい財布の中身をともかく補おうと、カジノ通いがはじまる。ところが、案の定甘くはない。負けが連日に及んで、所持金のほとんどが底をつき、ホテルでの食事も場末のカフェのコーヒーとロール・パンに落ちぶれても止むをえない。だが、二転三転して彼の案出した方式でつきが回り（彼は数字に強かったはず）、大金が舞い込みだすと、自信をつけた新郎の賭博狂いが高じて、新婦も相手にされず、夫婦仲も早々にきしみ出す。彼女の言い分では、裕福な男と結婚したわけでもないということで、早々に離婚の瀬戸ぎわかと思われたときに、ゴム氏再登場と相成る。

さて、原作が主人公の中年男の口から語られる〈一人称小説〉の体裁をとり、しかも彼自身、前述のように出世とは無縁だが、数字を理詰めで解読する観察眼と推理眼を備えているとされているだけに、彼自身によるゴム情報に、テクスト上での破綻もとくに指摘できないとすれば、狂いはないはずで、あの〈信頼できる語り手〉からの情報と等質のものが期待されるはずである。

彼はお天気と同じだ。予報ができないのだ。……確かに頭が音楽家みたいにもしゃもしゃしてる、白髪のこの男には、どこか偉大なところがあった。他の連中は死という義務から逃避するために絵を収集する。ところが彼ときたら、楽しみのための蒐集だった。ひと月丸々姿を消して、しょっちゅうヨットに乗っている。作家や女優やそれからくだらない連中――催眠術師とか新種のバラを作った男とか脳下垂体の何かを発見した男とかを乗せて、である。……ドルーサー（＝ゴム）の船にはスキャンダルなど一切なかった。彼は勤務時間外には、厄介なことには我慢できないたちなのである。（『負けた者がみなもらう』一三三－一三四）

ゴムには確か独特の雰囲気があった。腹蔵なく話をさせるのだし、いかにも興がっているような感じを話し手に抱かせる。どんな話でも喜んで聞くだろうという気がする。彼はその部屋の囚人で、外の世界の小さな事柄は、彼を訪れて新奇な驚きを味わわせるのだった。ちょうど懲役囚が一匹の鼠をかわいがるように、あるいは鉄柵の間から舞い込んだ一枚の木の葉を大切にするように、彼は外界の些細な事柄を楽しむのだった。（同書　一三九‐四〇）

名優になれる男だろうと思う。一人の無名な男を出世させて一国の支配者に仕立て上げるハラウンの役回りを演じているわが姿を、彼はすでに見ていたのだ。（同書　一四〇‐四一）

加えて、結末間近かに見せつけられる再登場後のゴム氏のおとぼけまがいのど忘れ振り——新郎の顔は忘れた。ましてや証人として立合うという口約束はまるで忘れた——すら、読者はこの笑止千万の体たらく振りに苦笑しながらも、やはりゴム氏にかぎって、これすら老人特有のものとも思いたくないスケールが備わっていると思い込みたくなる。要するに、彼はどこから見ても記憶に呪われてはいない。まして、これまでのヒーローたちのように、不幸な幼児体験に金縛りにされて神経が逆立った《追われる男》と同類ではなく、それとはまるで逆の風貌で迫ってくる。読者は、豪華なヨットの手すりにもたれて、ボードレールの「旅への誘い」をゆったりとして口ずさんでいる姿こそ、けっきょく彼の心髄であると納得していく。その彼が問題のカップルにはなによりもまず頼れる親爺であったという事実は、じつにこの新郎新婦の場合、独身時代の彼にはバートラムの苗字はあっても名前がない、逆に彼女はケアリーという名前はあっても苗字がないという、一見奇妙だが、欠落も意図的に計算されて釣り合っているらしい事実に確実に語られていよう。つまり、《グリーンランド》では〈命名法〉(nomenclature)も意味を重たく孕んで作動していくことも珍しくないだけに、これの解読作業もストーリーの解釈に資する場合が多かったのである。[10] つまりここでは、両者とも結婚して相互に補完し合わないかぎり、半身にとどまる。そのための名前及び苗字の欠落である。[11] そして、ゴム氏がこの結婚に介入して、あの待てど暮らせど一向に姿を現さないベケットのゴドーを思わせたかに見えて、ここでは例の「機械仕掛けの神」(deus ex machina)よろしく突然の再登場を果たし、[12] 自分の離婚歴四回のしたたかな人生体験に基づく愛の達人振りを発揮して、二人を和解させた。親爺としたい所以である。しかもこの親爺、登場が一回目でも二回目でも、姿を現わすとなれば、ヒーローの危機も間一髪の時点で突然にでなければならないのが〈老賢者〉の定石であるなら、彼はまさしくその現身であったということになる。彼を《グリーンランド》の新しいタイプの資本家であるとする観察[13]に間違いはないが、しかし本論はこの観察眼だけで事足れりとはしない。

二

さて、ここで復習するが、《グリーンランド》が前述のようにまず「母系の世界」であったとすれば、このことはそもそも父親が母親に対立して破壊作用を発揮するほどの否定的存在として提示されていたという二項対立により色濃く際立っていた経緯を改めて認めたい。事実上の処女作『内なる人』（一九二九）がすでに発信源を遠くして送りつけてくるメッセージこそ、父＝破壊者の等式である。また、それに対抗して強調される「母系の世界」――ひとつは摘草と押花の思い出をノスタルジックに留める亡き母の世界であり、ひとつは自らの死を犠牲にヒーローの裏切りをあがなおうとする、それ故背後には「最高のアガナウ者、イエスの像」[14]すらのぞいているという「永遠なる女性」[15]の世界――である。そこでの神経疲労が激しい若い逃亡者は、内部に巣食う元密輸船の船長だった亡父を自死によって抹殺する以外、エディプス・コンプレックスを克服し、己のアイデンティティの確立を果たしえなかった。彼はへたをすると、父から遁走の試みにくじけて、二世の重荷に封じ込められ、結果的に発育拒否の〈永遠の少年〉（Puer Aeternus）に、あるいは重症の二重人格者になっていたかもしれない。とくに前者は、《グリーンランド》では杞憂ではない。あの恐るべき堕落と破滅の展望の書と呼ばれることも多かった

「地下室」（一九三六）のヒーローの少年を想い起こしたい。七歳のあどけない童顔と六十年の歳月の流れを刻んで老獪であっていいはずの顔とが巻末で、「超人的技法…同時性の手法…時空を一気に越えた手法」[16]で間髪入れず二重写しにされて、成熟拒絶の恐怖が読者を震撼させることになったからである。

ところで、父親との対立の試練を経て自己形成を目指すという文学の伝統的テーマも、今世紀に入ると世代間の軋轢が強調されることが多くなったが、《グリーンランド》ではこのように「青春的な、あまりに青春的な」[17]結着が強いられて逃避主義の色合いが濃厚であり、われわれは処女作の路線で『拳銃売ります』（一九三五）や『ブライトン・ロック』（一九三八）の等しく悪魔的なヒーローたちの父親について、両者の口から伝えられた情報を忘れることはできない。一人はおぞましくも絞首台の露と消え、一人は極貧のあばら家で週末ごとに母との情交の現場を漏らしては、子どもに疎外感を与え孤独地獄に突き落としてやまぬ、しがない親父であった。それが原因で、息子たちもここでは作者自身の口から「ピーター・パン」と決めつけられることになるかぎり、[18]それこそ自己防衛のためのナルシシズムと男尊女卑のショーヴィニズム（chauvinism）が抜きん出て顕著な〈ピーター・パン・シンドローム〉の犠牲者たちであった。この論拠は、彼らの固定観念がいずれも雄弁に語ってくれる。つまりひとつは、女とは彼の兎唇に嫌悪感を見せて怯えるか、嘲笑するかして、必ずや裏切っていく危険な「甘っちょ」（skirt）だとする思い込みであり、またひとつは肉体への嫌悪感を病的にたぎらせての歪んだ童貞賛美であった。事例はつづくが、以下の父親たちも状況や程度の違いはあっても、等しく否定的性格を発揮して、子どもたちに発育不良と歪な人格をもたらしている。すなわち、一人娘をして〈父固着〉(father fixation)[19]が原因で、初老の外国人と幸先多くは望めない結婚に走らせた金満実業家の父が『密使』(一九三九)におり、こともあろうに息子の衝撃的な首吊りによる仮死状態からの蘇生の現実を突きつけられ、これを死者の蘇りと見たか、高名な無神論者としての全生涯が瓦解して、失意の臨終のベッドに妻の手でその子を近づけることすら拒んだ人生敗残の父が『植木鉢小屋』(一九五八)にいた。また、神を彫ろうとしても、けっきょく傲岸不遜のルシファーの像しか彫れなかった、麗しい父子相伝の理想郷など望むべくもない工房に非情冷徹な彫刻家の父が『彫像』(一九六四)におり、そしてこのルシファーが現身となって地上に降り立った超人まがいの父すらも、『ジュネーヴのドクター・フィッシャーあるいは爆弾パーティー』(一九八〇)にいる。娘をやはりひどく年かさの男やもめとの結婚に走らせた彼には、愛用の常備用辞書におそらく特筆大書されているのは「業欲」の解説記事であり、「愛」とか「家庭」の語彙は見当たらないだろう。この彼が例えばmodern Manichaean gangster-god[20]であると人に呼ばれて、この基本的にはレトリカルな、しかし屈折度の激しい表現に納得はしても、しかし間違っても、あのゴム氏に関連されてはいけない。加えて、破壊者としての父は自壊者の父にも重なった事例を認めるのも、無益ではあるまい。幼い愛娘の死に目に会えなかった負い目がいつしか強迫観念にまでなって、これが一因で七つの罪の淵へと転落していった警察副署長の元父親すら、『事件の核心』にいたのであれば。そして、この文脈で触れられるべきは、完成には優に十三年間の歳月が必要であったらしいが、最晩年も真近い時点で上梓されただけに、構成力の劣えもさすが否定し難い『キャプテンと敵』（一九八八）である。ここでは、キャプテンと自称する（それも船長ではなく、大尉だというが）かなり長身の、しかも山高帽子を被った中年男に学校から連れ出されたはいいが（処女作からのシーンが残響している）、気がつくとこれを義父に、加えてその影で息を潜めるだけがすべてといった風情の、不妊症を患う薄幸の女性（じつは、連れ出された当の少年の実父の妻とよばれた過去を持つ）を義母に、仮の絆が強いられた、それも結果的に「肩を寄せ合う母子家庭」[21]ごときが強いられた十二歳の多感な少年にとって、問題の義父が義父なら、ましてや実父も実父。少年が運れ出されたのも、この二人による賭博の賞品として拉致されたというあたりが真相で、子ども嫌いを公言して息子から「鬼」と呼ばれるのにふさわしく、ゲームのチップとしてわが子を提供してはばからない度はずれた冷淡さ、少なくとも無関心さを実父が発揮するなら、義父も世間では六つの偽名を操るほどの、やはり度はずれたペテン師ぶりを発揮して読者を大いにたじろがせるのである。

三

それにしても、上述のほとんどが不肖であったような息子や娘たちの目に、父親たちがこわもての形相を濃くして、まがまがしさも度はずれて超人の域に達しやすかったというだけなら、《グリーンランド》に佇む〈父と子〉の群像から読み取れる〈父なるもの〉も、結果的にその原因を作家その人とじっさいの父親との関係に求めていくという、安易で通俗的な伝記批評の罠が待ちかまえている。とくに〈父と子〉のテーマそのものからして、作家自身がたとえ父ではなくても、子ではあったかぎり、議論は作家の実人生からの親子関係の情報に左右されやすい。しかもこの時点ではすでに、既刊の自伝類に加え、重量感に圧倒されんばかりのグリーン公認の伝記がノーマン・シェリーの手によって発刊の最中である点から、グリーンの父親についてのこれまでの肉親側からの情報も、これによって濾過され、沈静化したようであっても。つまり、《グリーンランド》の〈神話と現実〉を過去一貫して超法規的に支配し、意味も過重になりすぎた感の情報――校長宿舎の父の書斎わきの廊下に緑色のラシャ張りのドアがあって、この国境線をまたぐと、舎監室や更衣室にはじまるバーカムステッド・スクールのおぞましい地獄絵図が現出した[22]――も、ということであるが、それにしてもこの濾過された情報からでさえ、じっさいの父と子の関係をかんぐって《グリーンランド》に適用しようとし、結果的に精神病理学的な説明まがいのものに陥らないことが肝要である。文学批評と人生論の悪しき癒着にたいしては、やはり神経過敏に振舞わなければなるまい。だが、《グリーンランド》の風景がけっしてセピア色一色だけに塗りつぶされていなかった事実は、〈父と子〉のテーマにかぎっても証明できるのだが、このことは〈母と子〉の場合においても同様であるとすれば、前者のテーマは後者のそれと強く連動しあっている点の確認が、まず必要であろう。理非を問わない濃密な血肉の絆で結ばれてこその父であり、母であり、子であるという通念を一歩踏み越えて、その確認こそここでは求められる。でなければ、《グリーンランド》の女性史の後期において、『喜劇役者』(一九六六)にはジゴロであったらしい父にたいして道化の母[23]が、『叔母との旅』(一九六九)には愛の女神――ヴィーナスやエロス――が、あるいは大地母神の母[24]が手強くもしたたかな面貌で登場してくる事情も捉えそこねる恐れがある。つまり、これらの母は子をかすがいに父と連動してこその、しぶとくも強靱な姿なのである。くしくも、彼女らを語って比喩的な表現――二人はとあるグランド・ホテルで出会いを果たしたに違いない[25]――が目を引くが、この母たちの類縁性を指摘するにしても、表現はやはり内実に見合ってさらに劇的なものでありたいのだが。

ところでここでは、詳細な分析はやはり後者の作品に適う。冒頭に叔母として登場し、結末で生母であったと判明するそこでのヒロインには、その桁外れた女傑振りに見合って、人品胡散臭い情人が控えており、しかし彼女には情人である以上に内実は懐深い父親ごときの存在、それもいわば、驚くほどに〈本然の父〉(natural father)[26]の姿であったとする判断は、その理由の点で、本論には効果的である。つまり、彼のもとでは彼女も要求は一切強いられることなく、義務や責任とも無縁で、自由を享受することができたというものだが、これがストーリーの文脈に逆らっていないかぎり、われわれはこれを《グリーンランド》の〈父なるもの〉のひとつの相として指摘することができる。しかも、すでに隠居の身のヒーローは、じつは五十余年ぶりに生母と判明した今は老境にある女性の世故にたけた知恵を受け入れ、年端もいかぬ十代の娘との初婚を決意し、母の情人が経営する会社に加わることが予定されて、ストーリーは大団円を迎える。つまり、ヒーローは遅まきながら、文字通り両者を父母とし、本当の息子に変身した。したがって、実の父の遺影を求めてのいわば三千里の旅路[27]の果てに、母の情人が〈究極の父〉(ultimate father)[28]の姿となって現れたとする発言も、ストーリーの流れからは否定はできない。加えて、情人の名はヴィスコンティ。《グリーンランド》ではいわくつきのマジョリー・ボウエンの『ミラノのまむし』(一九〇六)に登場する極悪の卑劣漢の名前が借用されているわけだが、少年グリーンに悪を実感させ、他方で創作への意欲を駆り立てることで、[29]《グリーンランド》の原風景の形成にかかわったのが、この波瀾万丈でロマンティックな歴史譚であった。そしてその結果が、変容作用を蒙ったここのヴィスコンティなのだ。原風景の原風景たる所以だ。この点では、上記の

〈本然の父〉にしろ〈究極の父〉にしろ、これもやはり《グリーンランド》では変容作用を蒙った〈父〉の姿なのである。もちろん、〈母〉にしても同じこと。なお、この名前の借用をとらえての巧妙な発言——ヴィスコンティに体現された「悪がいまや捕えられ、完全に手なづけられたわけではないが、静められている」[30]——に口裏を合わせて、ここでは「毒をもって毒を制す」の諺を引用しよう。前者の毒はヴィスコンティの悪であり、後者の毒は破壊者としての父である。

前述で、《グリーンランド》における〈父と母と子〉の相関関係に触れた。ここでは、聖俗の目くるめく懸崖には畏敬の念はもちろん覚えても、しかし怖じけることなく、アウグスティヌスの発言を以下に引用して、この相関関係についての議論を支えることにする。ただし、母の項はない。「父は子を持つからこそ父と言われ、また子は父を持つからこそ子と言われる……。父と子のいずれも御自身に対してではなく、一方が他方に対して父とか、子とか、言われるのである。私たちが父について、また子について語ることは永遠にして不可変的なものである……。父であることと子であることは異なるが、しかし実体が異なるのではない。なぜなら、父といい、子という表現は実体によって言われるのではなく、関係によって言われるからである。」[31]

さて問題は、破壊作用を発揮したこれまでの否定的父親像に拮抗して、創造作用を発揮するようなゴム氏風の肯定的な父親像に再びもどっていくわけだが、議論自体すでに〈父〉が肉親にかぎらず、親爺つまり親父風の他人を巻き込んでいた点を再確認する。この点は重要である。つまり、これは波紋作用ともいえそうで、そのため肉親の父親を起点とす意味も、俗なる水平軸にそって波紋を広げて極点に至ると、「Father としての神父」が聖なる垂直軸に位置することが予想され、それによってこの頂点を占める「the Father in Heaven としての神」に思いが至って、それにより〈父なるもの〉の総体も浮上してくるはずなのである。議論はレトリックだが、それでも本論はそれに頼って、〈父なるもの〉の獲得を一気にもくろんでいる。それにしても、このことはなにもグリーン一人にかぎらず、原理的にはこのテーマにかかわる特にカトリック作家の場合の共通点になるはずであるだけに、グリーンにおいてなによりも強調されてよいのは次の二点である。つまり、《グリーンランド》では人口も多いだけに、出来不出来は当然あるにしても、役割は主役、準主役、解説者、アンチ・テーゼ的存在[32]と多様であった神父たちのうちで、つまり、垂直軸に位置するはずの前述した神父たちのうちで、そもそもの発端であった肉親の父親と、一義的にも二義的にも、顕在的にも潜在的にも、重ねられていた事例が二つあるということと、とくに『名誉領事』（一九七三）が見せた水平軸への、それも再びあの親父に勝る親爺の地点への徹底的なこだわりと、それによる見事な結実である。

前者の神父と肉親の父の重なりについては、一義的にも顕在的にも、いまさら確認するまでもない『力と栄光』（一九四〇）のアル中の破壊僧が唯一の事例になる。《グリーンランド》では最大傑作であるとする評価も一貫して揺るがなかっただけに、人を冗舌にさせがちなこの作品についての議論も、幸いここでは、原作にまつわりついたそれこそ異常心理学の域から、実践神学なのか教理神学なのか、そのあたりにまで及ぶらしい過剰な情報に論点が隠されることなく、論拠をテクスト内部に求めて核心附近――「彼（ウィスキー神父）は絶望に負けたが、その絶望から人間らしい魂と愛が立ち現れたのだ」（『力と栄光』一一八）――を突くことが許されるのも、〈父と子〉のテーマの設定のおかげかもしれない。つまり「絶望」とは隠喩的に姦淫の大罪のことであり、したがって不義の子――「彼自身の大罪が悔悛することなく、彼を見返しているのを目にするようであった」（七七）――に至るわけだが、子どもたちと砂漠の中でこの世界を新しくはじめたいとする追跡者側の若い革命派主任警部の抱く理想が子どもたち数人を相手に独身の彼に愛は表現できない点で観念的であるのにたいして、神父の描く愛の飢餓感――「……彼はその子のことを、一種の飢えた愛情で考えることができるだけだった―この子はどうなるだろうか？（一四二）――がまったく血肉的であるのは、やはり七歳の不憫な一人娘を相手にしているからである。それにしても、この実感を体得してこそのヒーローの反省――「彼は言った、『おお神よ、あの子をお助けください。私を地獄に落としてください。私はそれにふさわしいのですから。でも、あの子には永遠の命を与えてください。』このような愛情こそ、彼は世のすべての人に感ずべきであったのだ。あらゆる心配や、救いたいという願望が、不当にもただ一人の子に集中した」（一五〇）――であり、金貨で彼を売った混血児への、つまりにユダによる裏切りへの寛恕なのである。そのようなわけで、「司祭たること（priesthood）は父たること（fatherhood）を含む」[33]というテーゼも、リゴリズムの観点からは、その正当性に留保が求められ、いわば人間的体験の本質を直感的に抽出しようとするひとつの思考体系としてのカトリシズム[34]なのか、「舞台裏のカトリシズム」（behind-the-scenes Catholicism[35]）なのか、その種のカトリシズム[36]のもとでのみ有効な意味にとどまるにしても、《グリーンランド》ではテーゼ特有の抽象性は十分に克服して、説得力をすぐれて備えているということは言えるはずである。なおここには、〈キリスト教と文学〉の問題が浮上しているのを見逃してはいけない。

次に『居間』（一九五三）を対象に、前述した二義的、潜在的な事例を説明する。二十歳のヒロインは不義と正義の間になす術もなく引き裂かれ、元司祭でいまは半身不随の大伯父の神父に向かって解決策を必死に求める。そのとき、これまでの呼びかけ語の Uncle がここで突如 Father（『居間』『戯曲三編』ロンドン、マーキュリー・ブックス 一九六二、六一）と言い換わるが、このコトバが淡い記憶すら留めない彼女の亡父への呼びかけと一瞬二重写しになってポリフォニックに響くようである。原作はドラマであるかぎり、呼びかけのFatherも万感胸に迫る肉声で劇場空間に響くことになる。かつては父の弟子で、いまは不義の相手とされる中年の大学講師その人に、それこそ亡父のイメージが求められているという点に、[37]この不幸な事件のそもそもの理由があるらしいかぎり、二重写し（double image）は「地下室」の場合同様に、作品世界では意味も果てしなく重い。ところで、議論はドラマに及んだついでに、『植木鉢小屋』に再度触れて、ここでの事例を追加する。つまり、結末でめでたく自己回復を果たしたヒーローの中年男を、じつはその幼児期に、「この子を生かしてくだされば、私はなんでもさしあげましょう」（同書 一三八）という契約の祈りによって、衝動的な首吊り自殺による仮死状態から蘇生させた伯父の神父こそ、ヒーローの〈精神的な父〉（spiritual father）[38]であったという発言である。

四

さて、議論は『名誉領事』に及んで大詰めを迎えるが、かりに《グリーンランド》の語彙辞典に「父と子」の項目があるとして、その解説にはこのテクスト以上に有効適切に働く記事は少ないと言うのも、この作品が問題のテーマにひたすらこだわり、結果的にこの項目に関連するイメジャリーが乱反射をくり返して、万華鏡の効果を生み出しているからである。[39]具体的には、父もここではけっきょく〈失われた実父〉と〈蘇った義父〉の二種に大別されようが、前者の父が初老のイギリス名誉領事と聖書と銃を両手にする革命派闘士のゲリラの神父の場合は、それこそこの二人から必死に疎まれなければ、息子たる彼らの身も心も持たず、明日はないとされているのにたいし、開業医の場合は『喜劇役者』を受けて本格的な「父探求譚」となった『叔母との旅』の先例にそって、やはり探求の対象とされているだけに、加えて〈蘇った義父〉（＝名誉領事その人）は確信と希望を医師に（も、そして読者にも[40]）与えて、父は結果的に双方とも〈創造的な父〉になりえている。そして、繰り返すが、作者のエネルギーは確かに〈蘇った義父〉の造型に注がれて燃焼しきったようであり、作中人物の変容に等しい変貌をこの作品ではじめて描きえたという趣旨の作者自賛の弁[41]も、この点で理解されるべきだろう。しかも、ここでいう造型には、「死者の蘇り」が密やかに語られているらしい慎重な戦略までもがテクストに見え隠れしているとなれば。

つまり、この名誉領事は地名さえ定かではないアルゼンチンのとある町に訪問中のアメリカ大使と間違われ、神父が頭領のゲリラの一味に誘拐拉致される。軍事政権下で弾圧され投獄されている同志の釈放のための身柄交換用の人質として、である。だが、彼は一瞬の隙を突いて、監禁小屋から逃亡を図るが、革命の実現に矯激に心酔している見張り役のメンバーが放った二発目の銃声で「まさに闇の縁」（the very edge of the dark.『名誉領事』一五九）に倒れる。逃亡は夜の帳も降りはじめて、闇に乗じたのだが、それでもこれが夜の闇なのか、死の淵の闇なのか、速断は禁物である。だが、彼は幸いアキレス腱を撃たれただけで命拾いをしていたという真相も、直後にではなくても、しばらく後に確認されるとなれば、死亡していたという判断は読み違いであったということになる。それにしても、彼の生死も文脈上は故意にぼかされて宙吊りにされ、生死ともにありうるという不分明な状況をテクストは強いてくるかぎり、ここでは読み違い以上に、あるいは「死者の蘇り」が強調されてよいのだ。つまり、テクストは語りのあいまいさに効果的に乗じたとしか、言いようがない。[42]しかも、この「蘇り」は一方のヒーローである独身の医師の手で、二十年間に及ぶ消息不明を押して探し求められている革命家の父が、政治犯としてやはり獄死していたという事実が確認されたほぼ直後のことであるだけに、この「蘇り」も内容は義父として転化した実父の「蘇り」、あるいは〈血を越えた真の父〉[43]への「蘇り」、いずれにしろ「父の蘇り」なのである。そのようなわけで、件の義父（＝名誉領事）からの、不義の妻となさぬ仲になるはずの胎児（医師の子どもである）に向かっての、はや心頭滅却の境地に達して透明度を増した、口下手だが、懸命な情愛の誓言に、〈父〉を、したがって〈父なるもの〉を、固定観念を十分に克服して、懐深くしなやかに描ききったグリーン文学の到達度を見て、昔日との距離の大きさに驚かざるをえない。

なお、この〈父〉の変容は〈子〉にも連動していることを、改めて覚えたい。名誉領事は結婚生活に破れて久しく、初老のわびしさをかこって、年端もゆかない私娼を身受けして後妻としたが、これと情を通じて不義を働いたその主治医も、暴力的な贖罪死のあとは領事の思い出には息子同然の年齢。不義の胎児も、しかし男児であれば、本当の父の名前を残してつけてあげたいと、領事は泣きじゃくることしかできない妻に提案する。つまり無能無力で魅力もゼロの、おまけにアル中でもあった領事が変容しただけではない。不義を働いた不肖の息子も、その名を二世に残してもよいとされるほどの愛惜の息子に変容したのだ。ところで、ここではさらにジョイスの『ユリシーズ』（一九二二）からの反響を聞くと、と言うことはこの〈父と子〉のテーマを豊潤に展開していた神話の世界からの響きも、この天才の手でひどく屈折されてはいるが、その遙か向こうに聞いて、以下を認めたい。実父も探求の対象とされないかぎり、スティーヴンの場合もやはりそうであったように、忌避されやすい存在で、そのためこの代父として強く求められる〈精神的な父〉が、グリーンの場合は事情を複雑にして、いわば委譲された父にかわっても、双方とも寝とられた亭主の悲哀を背負わされたということ。グリーンの隣にジョイスがいたことに改めて驚きつつ、しかしこの共通点に文学の伝統を読むにしても、二十世紀のいわゆる「アンティ・ヒーロー」の姿は強調されなければならない。

〈父と子〉のテーマも、『名誉領事』に至ってはこのようにして、解体ではなく統合の論理で、それだけにパロディーの域に傾斜することなく生真面目に提示されていったが、名誉領事が抱いた家庭再編の希望も、五年後の《グリーンランド》では絶望が色濃くなって悲痛感が漂うことになる。だが、われわれはこれに騙されてはいけない。つまり、議論は公平には公平を期して、『ヒューマン・ファクター』（一九七八）に触れているわけだが、そこでの冷戦下のモスクワに亡命していった初老のイギリス情報部員にとって、母国に残した南アフリカ出身の黒人妻と、やはりなさぬ仲のその連れ子との家庭生活こそ、しかし一国全体の重みに匹敵すると伝えられるだけに、再会のめどもたたずに東と西に離別していったこの一家にまず求められるべきは、むなしいものではあるけれど、それだけにひときわ〈父〉の復権なのである。ちなみに、ここでも〈命名法〉に執着することは有効である。ヒーローの名前の Maurice Castle が〈An Englishman's house is his castle〉のそれと一致するかぎり、多言は要しない。となると、作品のタイトルはさらに要注意だ。つまり、凡百のスパイ小説の扇情的な刺激と興奮の一切が作者畢生の力業で押えられ、美しいまでの悲痛感を漂わせて深く静かに語られるのは、タイトル通りの「人間的要素」、それもじっさい夫としての、そして〈父〉としての要素以上とも思えないかぎり、ここでは作者自身がいう「年輩の夫婦のラブストーリー」[44]としての成功以上に、〈父と母と子〉を三つ巴で語る伝統的な〈家庭小説〉と〈スパイ小説〉との見事な融合を否定することはむずかしい。

ついでだが、《グリーンランド》ではスパイとして先輩格にあたるといっても、比べること自体、公平さを欠いて気がひけるほど水と油の関係にあるような『ハバナの男』（一九五八）のヒーローも、しかし逃げた妻が置き去りにした今は年頃の娘の小心翼々な父親だった。作品の背景はここでも特定できるにしても、じっさいに描かれた東西冷戦下の政治状況が奇妙に実体感に乏しく、[45]ファンタジーの趣きが濃いのは、やはり作品がコメディーを越えて、ファースの域に達するパロディーとなっているためだが、[46]それだけにここでの確かな手応えは、まず娘を思う父親の気配りと戸惑いなのである。[47] それはつまり、心ならずも強いられた彼のスパイ稼業も、これを語ってヴィルトオーゾ的としか言いようのない作家の力量で、読者を存分に抱腹絶倒させるが、それももとはと言えば、この金使いの荒い派手な娘の結婚資金の準備のためであったことを思い出したい。

本論を閉じるにあたって、《グリーンランド》における〈父〉の神話の百八十度的な地殻変動にも、じつはかなり以前に短編で布石が打たれていたことの確認作業が残されている。「見つけたぞ」（一九三〇）が、まずその一編である。そこでは、戦時下にドイツ側のスパイを働いた父親が、官憲の手で真夜中に連行されていく現場を、ひょんなことで盗み見た反抗期の少年が、彼にはどのみち事情はわからないにせよ、自分と秘密を共有しあっているらしい（少年は母親の寝た隙をねらって、階下の父の店から商品のタバコを掠め取ろうとしている）と直感することで、昨日までの名ばかりの父が、血肉を備えてぬくもりのある父に変わったと確信して、話はそっと終わる。くしくも、父もスパイ、少年も〈I Spy〉なのだが、わずか千二百語足らずのこの掌編が、文学通の間では高い評価に恵まれて珠玉の一編とされてきたのも、〈父と子〉の間で起こった前者の変容まがいの顕現的出現とその啓示を受けての後者の覚醒（十二歳なりの）という、どう読んでもすぐれて宗教的な現象が、なんのてらいもなく、静かな一筆書きであっさり処理されているからである。[48] 自称文学愛好家は、この短編の真価を見損なってはいけない。ここの力業が鳴りもの入りにはなっていないだけに。それにしても、ここの父もやはりむなしい。彼は二度と子どもの前に姿を現わすことはないのではないかという予感が、読者の胸によぎるのであれば。

そして、最後には「田園のドライブ」（一九三七）がくる。行きずりの若い失業者にそそのかされた夜道のドライブの道すがら、心中を強迫されても、これを拒絶。家出をもくろんだはずのわが家に帰還を果たした不肖の放蕩娘を、いつにかわらぬ戸締りの励行により、家族の一員として留めおくことで、「父の家」（「創世記」三四-一九）の秩序と平安の確保に努めた律儀な父親が、ここにはいる。つけ加えるが、ここの親子はともに無名なのに、誘惑者の青年はれっきとした名前で呼ばれている。後者はおそらく、《グリーンランド》では、悪は観念ではなく、いつもこれと指摘できる個別具体性を備えていたことによるとすれば、ここでのやはり人口に膾炙した作家お馴染みの発言――「はじめて身辺に正真正銘の悪の性質を帯びた大人や若者に出くわしたのだ」[49]――は避けて通れまい。前者については、娘はこの青年に体現された悪を克服し、父はこれを保証したかぎり《グリーンランド》の〈父なるもの〉も、その第一義はこの家父長的な父にまず表現されていたにちがいない。第一義とはやはり、固有名詞にまつわりつく限定性も‘A Man’（「田園のドライブ」『短編集集成』、四五〇）として普遍化されることが望ましく、そのためにも彼のような父としては、これ以上でも以下でもない律気なだけの素朴型は、普遍性を屈折なく体現しえて、なおのことふさわしい。[50]なお、本論ではこの小品から、「持つこと」と「持たざること」はけっきょく同じことで人間らしさを失わせるとまでは読みたくない。つまり、父が家を持っても借金の返済と将来の値上りを見込んでの維持管理に汲々として小心翼々、そして青年が職を持たないために悲観して自殺してしまうのなら、生きても死んでも、ともに非人間的。娘にとって、そのような家とは戻っても地獄、だが去っても地獄ということにしてしまうと、[51]《グリーンランド》も救われまい。やはり、この小品を「ホーム・カミングのドラマ」[52]として、誠実に収めておくのが最善である。《グリーンランド》の原風景には、離散を押さえる強力な磁力が働いているはずである。

注

1 丸谷才一「追われる男・愛する女―グレアム・グリーンについて」(『英語研究』一九五二年十一月号、研究社)二四―二七。
2 一九七〇年から発刊された The Collected Edition においては、これ以前の Uniform Edition の場合に採用されていたこの区分も解消された。
3 丸谷「問題の核心」(『英文学研究』二九・三〇―一 日本英文学会 一九五四)七二―八五。
4 丸谷「父のいない家族」(『梨のつぶて』晶文社一九六六)、二七一―七二(『英語青年』一九五八年二月号に初出)。
5 丸谷 二七一。
6 山形和美『G・グリーン―呪縛と幻視』英米文学作家論叢書 二四(冬樹社 一九七七)六八。
7 Cf. Martin Turnell, *Graham Greene: A Critical Essay* (Michigan: William B. Erdman, 1967) 32.

8 Jacques Madaule, *Graham Greene* (Paris: Editions du Temps Present, 1949) 282-331.

9 Greene, Introduction, "Loser Takes A11," *The Third Man; Loser Takes All*, Collected ed. (London: Heinemann and Bodley Head, 1976) 123; *Ways of Escape* (London: Bodley Head, 1980) 216. なお、これ以降の本文や注で Collected edition からの引用は、出版地・出版社名とも略。

10 NB. *Greene, Ways of Escape*, 20; John Atkins, *Graham Greene*, New rev. ed. (London: Calder and Boyers, 1966)142-44.

11 Cf. Peter Wolfe, *Graham Greene: The Entertainer* (Carbondale & Edwardsville: Southern Illinois UP, 1972) 135.

12 Wolfe 142-43; Richard Kelly, *Graham Greene* (New York : Frederick Ungar, 1984) 137; J.P. Kulshestha, *Graham Greene: The Novelist* (Delhi: Macmillan of India, 1977) 210.

13 Francis L. Kunkel, *The Labyrinthine Ways of Graham Greene*. 1959. Rev ex ed. (New York: Paul P. Appel,1973) 95-96.

14 佐伯彰一「内なる私」（『近代文学』一九四三年十月号、近代文学社）一一〇。

15 佐伯　一〇九。

16 上総英郎『メタフィジック作家論―虚空のうちなる本性』（教文館　一九七九）二〇五-〇六（『三田文学』一九七五年九月号に初出）。

17 佐伯　一〇〇。

18 Greene, Introduction, *A Gun for Sale*, Collected ed. (1970) viii; *Ways of Escape*, 72.

19 幼児期に父親から心身両面でひどい外傷体験を、逆に限度以上の満足感を受けることで、本能や情緒の健全な発達が阻害される現象。なお、当事者のヒロイン自身がこのコトバを吐いている（七六ページを参照）。

20 A.A. DeVitis, *Graham Greene*, 1964, Rev. ed. (New York: Twayne ,1986) 143.

21 渡辺晋「グリーンランドのキング・コング—*The Captain and the Enemy*における仮象と実体」（『実践英文学』三五　実践女子大学、一九八九）六。

22 Greene, *The Lawless Roads*, Collected ed. (1978) 12.

23 Cf. Brian Thomas, *An Underground Fate: The Idiom of Romance in the Later Novels of Graham Greene* (Georgia:

Georgia U of Georgia P, 1988) 146-47.
24 Thomas, 167; cf. Henry J. Donaghy, *Graham Greene: An Introduction to His Writings* (Amsterdam: Rodopi B.V.,1986) 96; Paul O'Prey, *A Reader's Guide to Graham Greene* (London: Thames & Hudson, 1988) 124.
25 Neil McEwan, *Graham Greene* (London: Macmillan, 1988) 127.
26 Georg M. A. Gaston, *The Pursuit of Salvation: A Critical Guide to the Novels of Graham Greene* (New York: Whitston, 1984) 114.
27 NB. Thomas 159-77.
28 Thomas 170.
29 Greene, "The Lost Childhood," *Collected Essays* (Bodley Head, 1969) 17-18.
30 Roger Sharrock, *Saints, Sinners and Comedians: The Novels of Graham Greene* (Kent: Burns & Oats, 1984) 265.
31 聖アウグスティヌス、中沢宣夫訳『三位一体論』（東京大学出版会一九七五）一六八。
32 渡辺『グリーン論―神・人・愛』（南雲堂 一九八八）九六-九七。
33 James P. Kelleher, *The Orthodoxy and Values of Graham Greene*, diss. (Boston U, Ann Arbor: UM I, 1965) 127.
34 David Lodge, *Graham Greene* (New York: Columbia UP, 1966) 6.
35 Turnell 22.
36 NB. Terry Eagleton, "Reluctant Heroes: The Novels of Graham Greene," *Graham Greene: Modern Critical Views*, ed. Harold Bloom (New York: Chelsea House, 1987) 97-118; DeVitis, "Religious Aspects in the Novels of Graham Greene," ---, 82-84; Frederic R. Karl, "Graham Greene's Demonical Heroes, *Graham Greene: Modern Critical Views*, ed. Bloom (Chelsea House, 1987) 58-64.
37 Greene, "The Living Room," *Three Plays* (London: Mercury, 1962) 32.
38 Richard Kelly, *Graham Greene* (New York: Frederick Ungar, 1984) 172.
39 NB. Maria Couto, *Graham Greene: On the Frontier: Politics and Religion in the Novels* (London: Macmillan, 1988)189;

Kulshrestha, 173; Anne.T. Salvatore, *Greene and Kierkegaard: The Discourse of Belief* (Tuscaloosa Alabama: U of Alabama P, 1988) 60-65; Grahame Smith, *The Achievement of Graham Greene* (Sussex: Harvester. 1986) 181-86; Thomas 176-99.

40 Sharrock 249.

41 Marie-François Allain, L'Autre et son double, Belfond, 1981, trans. Guido Waldman, *The Other Man: Conversation with Graham Greene* (Bodley Head, 1983)136; cf. Greene, *Ways of Escape*, 295-96.

42 Daphna Erdinast-Vulcan, *Graham Greene's Childless Fathers* (Hampshire: Macmillan, 1988) 95.

43 山形　一三三一。

44 Greene, *Ways of Escape*, 299.

45 Judith Adamson, *Graham Greene: The Dangerous Edge Where Art and Politics Meet*. (London: Macmillan, 1990) 144.

46 Cf. R. H. Miller, *Understanding Graham Greene* (Columbia: U of South Carolina P, 1990) 115.

47 Philip Stratford, F*aith and Fiction: Creative Process in Greene and Mauriac* (Notre Dame: U of Notre Dame P, 1967) 319.

48 NB. Greene 272.

49 Greene, *The Lawless Roads* 2.

50 Charles L. Willig, *The Short Fiction of Graham Greene*, diss., U of Tulsa (Ann Arbor: UM I, 1970) 77, 80.

51 Gangeshwar Rai, *Graham Greene: An Existential Approach* (New Delhi: Associated, 1983) 109-10.

52 安徳軍一「ホーム・カミングのドラマ—G・グリーンの場合」（『北九州大学文学部紀要』三二、一九八四）三五-四一。

6　勝者と敗者の境界

『おとなしいアメリカ人』について

岩崎正也

一

故郷を想うと、「憎しみと愛という異なる絆によって引き裂かれる」と言ったのはグレアム・グリーンだが、その自我の葛藤に苛まれながら、郷里へ自己探求の旅に向かったのは作品の登場人物だと考えられる。作品空間の構造が作家の現実認識の論理と倫理とによって支えられているとすれば、「国境」をモチーフとして語られてきた物語の原風景は、子どもが登場する作品や主人公による故郷の回想場面の中で鮮やかに示される。作者が幼少年期に味わった、緑色のラシャ張りのドアを隔てて「学校」と「家庭」との緊張関係がアナロジーとして描かれているからである。実際のグレアム少年の生活居住空間は、ラシャ張りのドアを中心に同心円上に広がる自宅のあるスクール・ハウス、母校バーカムステッド・スクール、それを取り巻く町バーカムステッドの三重構造から成り立っていた。

《グリーンランド》を天空から俯瞰すると、『掟なき道』（一九三九）の「プロローグ」の冒頭で書き手グリーンの意識が見下ろしているように、その空間は、ドアを隔てて「紛らわしいほどよく似た」廊下で繋がっている。その点で二つの世界は「国境」によって遮断されていると同時に、そこをとおして連続する。主人公がドアを潜るとき、空間的な移動が可逆的だという点で両者は連続しているが、ドアを時間的移行をも成立させている装置と見れば、時間軸上の往復が不可能である意味では両者は不連続の領域である。

主人公は「国境」を越えようとするときに、その全存在を賭けて内なる自己と闘わなければならない。『スタンブール特急』（一九三二）のツィンナーは、ため息まじりに何かの試練に向かって自身を励ましているかのように、「国境」を越える。また『力と栄光』（一九四〇）のウィスキー神父は、見過ごすことのできない状況に呼び出されたかのようにいやいやながら越境する。さらに『おとなしいアメリカ人』（一九五五）のファウラーは自己の〈不参加〉の信条を覆していやおうなしに足を踏み入れる。

二

神は存在するという表の側をとって、その得失を計ってみよう。二つの場合を見積ってみよう。もし君が勝てば、君はすべてを得る。もし君が負けても、君は何も失いはしない。[1]

フォングにたいする恋を賭けてパイルに負けた無神論者ファウラーは、物語の結末でフォングを取り戻すという反パスカル的なハッピー・エンディングに至る。彼はインドシナ戦争に「巻きこまれたくない」という理由から両陣営のどちらにも関与せず、事実だけを伝えるリポーターであることを自負しているが、イノセントなパイルが引き起こすテロリズムに耐えきれずに、その信条を覆して友人を裏切り、暗殺に加担する。物語の結末では、ファウラーがその死にたいする罪の意識を告白するために、他者の出現を求める態度が示唆されている。

彼が死んでからすべてがうまくいったが、すまないと言えるようなだれかが存在すればいいのに、とどんなに願ったことだろう。[2]

賭の敗北から勝利へという二種の領域を貫く鍵は、作者が現実生活の中で味わった天国と地獄を結ぶ、国境の隠喩である緑色のラシャ張りのドアが変容したアパートのもつ両義性にある。「サイゴンで一番の美女」[3]である従順なフォングがいて、アヘンの匂いの立ちこめるアパートは、一緒に住むファウラーを外部の八年にわたるインドシナ戦争の暴力と狂気との死から遮断する。また八千マイル離れたイギリスにいる別居中の妻との不幸な過去から逃避させている点で、そこは一時的ではあるが、外界の状況に係わることのない平穏な、しかし閉塞的な世界である。その孤立した内側から、論説を加えず事実だけを伝えようとし、他者に巻き込まれたくないという自己の意識をとおしてファウラーの見た外界の風景を、ブライアン・トーマスは、「魅力的ではあるが、ある点では根本的に自己とは無縁の客観的な現実の眺望」[4]だと述べている。

三

物語は、ファウラーの意識と一人称語りをとおして、パイルに初めて会った年の九月から、パイルが死んだ翌年の二月までの約六か月間の状況を、二月の現在から半年を遡る回想として記されている。

トーマス・ファウラーはイギリスの新聞社からインドシナ戦争を取材するためサイゴンに派遣

された報道記者である。パイルの死んだ二月が、フォングとの初対面から二年目にあたることを考えると、ファウラーは少なくとも二年間はサイゴンに暮らしていることになる。カティナ街のアパートでフォングと一緒に暮らす孤立した平穏な日常は、二つの外的な条件によって崩壊する危機を孕んでいる。一つは、二か月後の四月に任期が終わることであり、二つ目は、ハイ・チャーチに属するヘレンが離婚に応じないため、フォングと結婚できない事情である。そのためファウラーの「生」はいつも不安にさいなまれ、「死」によって侵食されていく。なぜなら、「今月か来月か、フォングは私を棄てて出て行くだろう。来年でなければ、三年後には」[5]と「生」の崩落を予感するファウラーにとって、「彼女を失うことは死の始まりだ」[6]からである。一方、国境としてのアパート内で暮らすフォングとの「生」の世界と対極にあるのが、特派員として係わり合う戦場の「死」の世界である。ジャーナリストである彼の信条はリポーターを務めることである。そのため意見を述べることさえ一種の加担行為であるという理由から、彼は行動するコレスポンデントになることを避けている。

したがって、戦場での不介入の態度は、「たえず幸福を失うのを恐れ」、[7]フォングとの平安を維持するために外界と係わらずに孤立する点で、「生」への〈不参加〉と重なる。ある一定の外圧がファウラーの閉鎖的な「生」にたいし与えられたとき、「生」への〈不参加〉の意思が崩れれば、必然的にもう一方の〈不参加〉の態度も変化し、ファウラーの「生」は消滅する運命にある。その点で、六か月前の「おとなしい」パイルの出現はファウラーをパスカルの賭に引き出すことになる重大な事件であったはずである。

前年の九月、アメリカ公使館の経済援助使節団員であるパイルをコンティネンタルの広場に出迎えたとき、ファウラーは、「傲慢で騒々しく、子どもっぽくて中年の」[8]アメリカ人記者たちと異なるパイルの性格をリポーターとして次のように感知する。「パイルはおとなしく（quiet）て、謙虚に思われ、あの初日は彼が何を言っているかを知るためにときには身を乗りださなければならなかった。しかもたいへん真面目（serious）だった」。[9]この観察は、六か月後パイルが殺されたとき、参考人として警察本部に呼ばれたファウラーがパイルについてヴィゴーに語る次の証言と一致している点で、私たちはリポーターとしてのファウラーの観察眼の正確さを認めなければならない。「彼なりにいい男ですよ。真面目（serious）だ。コンティネンタルで騒ぐごろつきとは違う。おとなしい（quiet）アメリカ人だ」。[10]

私たちはファウラーの最初の観察に表れた serious と quiet という二語が六か月後、ヴィゴーへの報告の中で繰り返されていることに気づくとともに、serious がパイルの理性の特徴を、quiet が感性を表すことを理解する。しかし、報告された serious と quiet は初見の場合とは異なり、ファウラーによる六か月にわたる認識の変化を含んでいる。半年のつき合いをとおしてファウラーはパイルの理性と感性を理解するため、この二語の形容詞を次のように変化させている。

quiet — modest, good, innocent, seemed incapable of harm, young, ignorant, silly, crazy, boyish serious — punctual, absorbed, determined, got involved

パイルの経済援助の実体が不明であるうちはファウラーにとってパイルの quiet は modest であり、good であると言う点で、周囲のシニカルな同業者たちには感じられない青春の賛美を表す用語だった。ファウラーの平穏な日常生活に崩壊の兆しが現れたのは、ファウラーとフォングとが未婚であることを知ったパイルが公明正大にフォングにたいし求婚の意思を明らかにしたときである。

フォングへの求愛の意思があることをファウラーに話すために、ナムディンから一人で川を下り、ファト・ディエムの前線に無謀な冒険を試みたパイルは夜半、納屋の床に座って、フォングに恋をしたいきさつを告げてから、近く求婚することを宣言する。「彼女は私たちのうちどちらかを選べばいいんですよ。そのほうが公平です」[11]とパスカルの賭に積極的に参加することを表明したのは、ファウラーの〈不参加〉の態度に反して、パイルは「巻き込まれるのがよいと信じていた」[12]からである。

一つの賭が行われる。表が出るか裏が出るかなのだ。君たちはどちらに賭けるか？[13]

パイルがフォングに求婚する場面は、アパートの中であり、それも当事者であるファウラーの通訳を介して、という奇妙な状況の中で行われる。ファウラーの一人称をとおして語られるパイルの求婚の言葉は、彼自身のではなく、語り手自身の意思表示としてフォングに向けられる点で、アパート内での三角関係の展開は笑いを含んでいる。さらにパイルがフォングの前で賭の対象として財産と健康とを数量化して公開したときに、ファウラーのシニシズムとパイルのイノセンスとの間に生じた亀裂が笑いを引き起こす。五万ドルの遺産、二か月前の健康診断書、血球数。パイルの攻勢によって賭に巻きこまれる可能性に気づいたファウラーは、それを避けるために通訳者であることを拒絶する。

もう一つの拒否の理由は、翌年の四月、自身が特派員の任期を終え、本社にリポーターではなく、意見を書く論説記者として帰国を促す電報を受け取っていたという、負のカードをすでにもっていたので、初めからフェアな勝負にはならないことを知っていたことである。フランス語を交えての英語による求婚に、フォングはノーという一語を発して、笑いの場面に幕を下ろす。「ノー」によりファウラーの理性は彼女を失わずにすんだことに救いを見出すが、感性はフォングを得たことにならない点に不安を抱いている。「行きたくありません」と言うフォングの言葉のあとに「けれども」が続くからである。

パイルはフォングの利益を、急速冷凍冷蔵庫、車、最新型テレビというような物質的な数量として考え、彼女に「喜んで宣誓する明朗な若いアメリカ市民」[14]になる赤ん坊を産ませたいと考えている。その善意と良心に基づき行動を起こす、フェアであり、進んで巻き込まれるという態度を共有する意味で、「第三の男」（一九五〇）に登場するアメリカ兵オブライエンはパイルの先駆者であると言える。

四

第二次大戦後の英米仏ソの四大国地区に分割統治され、市の中心部を共同管理下におかれたウィーンでアンナ・シュミット事件が起こる。インネル・シュタットに関してソ連が議長国を務めていた二月に、ソ連憲兵のパトロール・カーがアンナの逮捕に向かう。その部屋で主人役のソ連兵はアンナの着替え中も忠実に監視する。オブライエンはアンナをソ連兵と二人だけにせず、「騎士のように背を向けて立っていたが、あらゆる動作を意識していたに違いない」。[15]フランス兵は衣装だんすの鏡に映る女の着替えを眺めている。イギリス兵は先手を考えて廊下にいた。オブライエンはアンナの逮捕容疑を疑っていたのだが、車がアパートに行く途中、イギリス地区に入ったことに気づいて、イギリス兵スターリングにたいして、ソ連兵が取り上げた書類をアンナに返させるように申し込む。また帰りに車が故意にソ連地区に向かおうとするのを知って、ソ連兵に抗議をくり返す。そして脅えているアンナにたいし、「おれがあいつらに仕返しをしてやる」[16]と言い、スターリングにたいしては「あの娘を保護してやらなければ」[17]というふうに、自己の動機にたいしseriousであり、積極的に参加しようとするオブライエンの行動は中世の騎士道のパロディとして描かれている。

物語はイギリス人キャロウェイ大佐の視点から、一人称語りをとおして記される。英米仏ソの兵士四人はそれぞれの性格や行動の描写に均等なスペースを割り当てられている。しかし語り手が注目するのは、部下のスターリングとアメリカ兵オブライエンとの対比であるため、固有名詞はこの二人にしか与えられていない。

『おとなしいアメリカ人』が発表された当時、その政治的な意図をめぐってイギリスやアメリカで激しい議論が展開された。トーマスは「論争はパイルにたいするファウラーの敵意と、究極的にはアメリカにたいするファウラーの軽視の態度がグリーン自身のものでもあるのかどうかという疑問に関連していた」[18]と述べている。ロジャー・シャロックは、「反アメリカ主義という言葉はどちらかといえば、パイルとファウラーとの間に起こる摩擦の本質を表現する一種の媒体である」[19]と書く。一九四五年九月から五四年七月までの九年に及ぶインドシナ戦争の期間に、グリーンは五〇年から五五年にかけて四回インドシナを訪れている。最初の目的はハノイで領事を務める友人に会うためだったという。

『おとなしいアメリカ人』の着想が閃いたのは、ルロイ大佐と一晩を過ごした後サイゴンへ車で戻る途中だったと、作者は語る。またパイルの性格描写について、一夜をともに明かした相手のアメリカ人経済援助使節団員からヒントを得たと述べる。作者が「おそらく『おとなしいアメリカ人』にはこれまで書いたどの小説よりもルポルタージュが直接的に表れている」[20]と言うように、リポーターとしてのファウラーの観察の多くは作者の体験から引用されている。たとえば、ファウラーが中尉に率いられたパラシュート部隊とともに夜間作戦に加わったときに溝の中に見た母子の死の風景は、作者が外国人パラシュート部隊に混じり、ファト・ディエム周辺のパトロールに参加したときの記事に、またトルーアン大尉との爆撃行は、ヴェトミン地区への急降下体験に基づいている。

戦時下のヴェトナムで旅行者として、また特派員として死の風景を見たときの作者の意識には、次のようなファウラーの〈不参加〉のヒントを窺うことができる。

1 「死の支配する地域に一介の非戦闘員旅行者として自分がいる場合、わたしがいつも一種の罪の意識をもつ」のは「暴力の窃視者のように感じる」[21]からである。

2 グリーンはカトリック教区ビュイ・チュの大聖堂で行われたミサに一人だけのヨーロッパ人として出席して、感動する。「ヨーロッパはなくともキリスト教は存続できる。なぜ民衆を信頼しないのか」。[22]

3　「丘をのぼり、わたしはパゴダに入ったときいつもするように仏陀に祈っている自分をみいだした」。[23]

4　グリーンがリベリアを旅行したとき、「原始」の風景から遠ざかるにつれ、アフリカの小屋、グランド・バッサの貿易商の住居、モンロヴィアの領事館、貨物船、イギリスという順序で文明の風景がじょじょに近づいてきたという。グリーンが望んでいたのは国境を取り除いた後の「原始」と「文明」の直接的な対比だったが、インドシナでは一世紀を隔てたビエンチャンとサイゴンが対極にある二種の風景だった。[24]

5　「しかし、今晩の酒場は、罪のないアメリカ人の声のみいたずらに高く、それこそは最悪の不穏事なのだ」。「アメリカ経済使節団員にわたしは言ってみた。この戦争へのフランスの参加は終わりに近づいているのではないかと。『そんなことはできませんよ。フランスはわれわれに借りを返さなくてはならんですからね』」。[25]

6　ヴェトナム人から、独立を獲得していないのに、どうしてこの戦争を闘えるのかと尋ねられたグリーンは、この戦争が現実の戦場での「死」を見たことのない人々の間で解決されることを予知し、またハノイの空港に降り立つヴェトナム傷病兵は英雄ではなく、犠牲者として迎えられる点にヴェトナム人の挫折を感じる。[26]

7　戦争の解決策はヴェトナムの完全独立であることを予感している。[27]

一九四六年から五四年の八年にわたるインドシナ戦争にたいし、アメリカはフランスに二十六億三千五百万ドルの援助を与えたが、これはフランス全戦費の三十パーセントを超えるという。[28] 沖縄がアメリカ施政権下にあった日本でも、『おとなしいアメリカ人』の制作意図をめぐって知識人の間で論争が行われた。武田泰淳は、「グリーンは『おとなしいイギリス人』を書くべきだった」[29]と言い、阿部知二は、「アメリカ人はそれほど『不愉快』にならなくてもいいのではないか」[30]と述べている。ドナルド・キーンは、『おとなしいアメリカ人』を「物語であって歴史ではない」[31]と読めば、「記者のシニシズムには下向きつつあるヨーロッパの長い経験に基づいた知恵が現れているが、アメリカ人の理想主義は幼稚なそして有害なものであるにしても、不安げにアメリカ人を眺めるこの知恵もまたいかに不毛であるかがわかる」[32]と記す。この批評は、『英国が私をつくった』(一九三五)、『地図のない旅』(一九三六)、『掟なき道』(一九三九)などの作品に記されたヨーロッパ文明の衰退と堕落を、ファウラーのもつ罪の意識の中に読み取ったものと言えるだろう。

グリーンは一九五二年二月、ヴェトナムからアメリカに向かう途中日本に立ち寄ったが、マッカラン法によって入国を拒否され、アメリカでも同じ理由で断られた。三年後に出版された『おとなしいアメリカ人』の主人公パイルの quiet がもつ両義性に、ファウラーの眼をとおしてグリーンのアメリカ批判を見ることができるだろうが、この入国拒否以前に、一九五〇年出版の「第三の男」に登場するアメリカ兵オブライエンが、すでにパイルの先輩として quiet の二重性である chivalry と「巻き込まれる」態度とをもつ人物として描かれていることは、グリーンのアメリカ人にたいする見方が入国拒否の前後で変わっていないことを示している。

五

ファウラーはパイルとの賭に敗北を予想したが、「老年は性のゲームでは若さと同じくらい強い切り札」[33]であることを自負しているので、本社宛に在任期間延長を申請するとともに、妻にたいし離婚承諾を要請する。しかしパイルの〈参加〉の態度によってファウラーの「生」が侵されるのに比例して、戦争の「死」に向き合う〈不参加〉の態度もしだいに侵食されてくる。ファウラーは、ファト・ディエムの前線で十数人のパラシュート部隊に合流したとき、指揮者の中尉からヘルメットを被るよう勧められると、「それは戦闘員のためのものです」と言って断る。それは、ファウラーが不参加の態度を貫きたかったからである。一行の行き先を阻む運河には死体が充満している。また農家の近くにある溝に男女の子どもの死体があった。中尉は「不運だった」と言い、ファウラーは「戦争はいやだ」と思う。ファウラーとパイルが乗った車はテイニンのカオダイ教の祝典からサイゴンへ帰る途上、フランス軍支配下に入ったところでガソリン不足のために止まる。その夜を監視塔の上でヴェトナム少年兵たちとともに過ごしたのち、ヴェトミン兵の襲撃を受けて、二人は少年兵を残して稲田に隠れる。ファウラーは跳び下りたとき左足の踵を痛め、直後バズーカ砲弾の炸裂により左脚に負傷する。

水田に横たわるファウラーは、仲間を殺された少年兵の泣き声を聞き、先日、溝の中に見た子どもの死体を想い出して、「子どもを巻き添えにして戦うべきではない」[34]と悩み始める。パイルが外人部隊のパトロール隊員を連れ戻すために出かけた後、再び監視塔の残骸から聞こえてくる少年の苦痛の泣き声が、「暗闇の中で泣いているあの声に私は責任がある」[35]というふうに、それまで誇りにしてきたファウラーの〈不参加〉の意思を揺り動かす。そしてファウラーはその存在を信じなかった神にたいして「私を死なせるか気絶させてください」[36]と少年兵の苦痛の責任を取ろうとする。

パイルが経済援助と称する第三勢力が引き起こすテロリズムが、作品の中で二度取りあげられている。テェ将軍が仕掛けた「自転車爆弾」事件とプラスティック爆弾事件であり、前者のときは人身被害はなかったが、後者の場合は昼間の爆発が多数の死傷者を出す。パイルの巻き込まれたいという serious の態度によって引き起こされた赤ん坊の死の風景と、血に濡れているとも気づかず、汚れた自分の靴を見て、気味悪そうに「公使に会う前に靴をきれいにしなくては」[37]と言う innocent な態度との認識の落差にファウラーの〈不参加〉の信条は一瞬のうちに崩壊する。

ファウラーにとってパイルの innocent が silly であり、crazy であることが分かったのだ。この点で、グリーンは語り手をとおして「イノセンスは狂気の一種なのだ」[38]と言い、ジェイン・マンリーは「イノセンスはグリーンにとって一種の倫理的な病なのだ」[39]と述べる。また「第三の男」では、ハリーのイノセンスについてマーティンズが抱く悪の認識は罪の意識を通して裏切りに発展する。トーマスは、「パイルは罪の認識に欠けているという意味でイノセントなのだ」[40]とハリーとパイルのイノセンスに共通点を見出している。

前者の爆弾事件以後、ファウラーは、プラスティック爆弾を造る装置が隠されているモイ氏の車庫を訪ねてからアパートへ戻ったときに、これまで侵されまいと努めてきた「生」が崩壊したことを知る。フォングが家財道具を運んで引っ越していたからである。こうしてフォングを失ったことにより、ファウラーは「死」の始まりを意識する。

これ以後、物語はアパート内の平和な「生」を奪われたファウラーが、パスカルの賭の論理と認識とに従い、〈不参加〉の意思を棄て、パイルを裏切る役割を引き受けることによって、それまで無意識の中に留まっていた自己の「死」を意識する、というように展開する。このプロットには『内なる人』のアンドルーズが自己を殺すことにより、内なる父への復讐を完成させるというモチーフが引き継がれ、変容されている。パイルを裏切り、その罪の意識を告白すべき他者の存在を激しく希求する結末に、ファウラーの意識が少なくとも神の存在に収斂される可能性を見出したと言うことができないだろうか。

パイルが死んだ夜、アパートへ戻ってきたフォングを迎えたファウラーにとって、物語はハッピー・エンディングに終わる。しかし、賭に負けてすべてを貰うというファウラーの「生」は、すでに〈不参加〉の信条を覆して〈参加〉の領域に踏み込んだ以上、これまでの平穏な「生」とは異なり、「死」を通過した後の、「生」の転化した位相である「再生」に向かうことが予想される。

注

1 ブレーズ・パスカル　松浪信三郎訳「パンセ」（筑摩書房『デカルト・パスカル』筑摩世界文学大系　第十九巻　一九七五）一九六ページ。
2 Graham Greene, *The Quiet American* (1955; London: Bodley Head, 1973) 211.
3 Greene 39.
4 Brian Thomas, *An Underground Fate: The Idiom of Romance in the Later Novels of Graham Greene* (Georgia: The University of Georgia Press, 1988) 33.
5 Greene 42.
6 Greene 83.
7 Greene 42.
8 Greene 15.
9 Greene 24.

10 Greene 10.
11 Greene 59.
12 Greene 23.
13 パスカル　一九六ページ。
14 Greene 148.
15 Greene, 'The Third Man' *The Third Man and Loser Takes All* (1950; London: Bodley Head, 1976) 91.
16 Greene 93.
17 Greene 93.
18 Thomas 26.
19 Roger Sharrock, *Saints, Sinners and Comedians: The Novels of Graham Greene* (Kent: Burns & Oates) 216.
20 Greene, *Ways of Escape* (London: Bodley Head, 1890) 164-165.
21 グレアム・グリーン　田中西二郎訳『コンゴ・ヴェトナム日記』（早川書房　一九八二）一二二ページ。
22 グリーン　一一八ページ。
23 グリーン　一二五ページ。
24 Greene, *Ways of Escape* 174.
25 グリーン　一三四ページ。
26 グリーン　一三八―一四〇ページ。
27 グリーン　一四八ページ。
28 日本大百科全書第二巻（小学館　一九八五）八一九ページ。
29 武田泰淳「『おとなしいアメリカ人』を読んで」（毎日新聞　一九五六年七月十二日）六ページ。
30 阿部知二「『おとなしいアメリカ人』を読んで」（毎日新聞　一九五六年七月十二日）六ページ。
31 Greene v.

32　ドナルド・キーン「『おとなしいアメリカ人』を読んで」（毎日新聞　一九五六年七月十二日）六ページ。
33　Greene 69.
34　Greene 117.
35　Greene 124.
36　Greene 124.
37　Greene 182.
38　Greene 183.
39　Jane Burt Manly, *Graham Greene: The Insanity of Innocence*, diss., U of Conneticut, 1969 (Ann Arbor: UMI, 1983) 12.
40　Thomas 42.

Ⅲ　地下の世界の風景

その光と闇

《グリーンランド》を天空から鳥瞰図として見ると、〈緑色のラシャ張りのドア〉を中心として、外の世界は同心円上に広がっていく。少年時代のグリーンが生涯のオブセションとして取り憑かれた「学校」と「家庭」との緊張関係のアナロジーを作品世界に持ち込むと、同心円は平面上に拡大するだけでなく、垂直軸上の地下世界にも降りていく。

「地下室」のフィリップ少年は地階に降りたとき、初めて「生」に目覚める。また「第三の男」のハリー・ライムはいったん降り立った地下世界から再び地上に生還するのに失敗する。さらに「庭の下」のワイルディッチは「死」の領域を通過することにより、「再生」に至る。三者の運命を分けたのは、それぞれの「死」との係わり方である。物語の中で三者とも子ども部屋から外に出たとき、生の恐怖や裏切り、悪の感覚を徹底的に刻みつけられる。だから《グリーンランド》の風景の特徴は、ジョン・アトキンズが指摘するように、「子どもの堕落はつねにグリーンにとって大きな悪だった」点にある。

第三部では、小幡は「地下室」の語り手が異様な語り口を過剰に駆使しながら、じつは見逃していたものがあるのではないかと技法面から追求している。《グリーンランド》の地下の世界に最年少で踏み込んだフィリップ少年は愛憎渦巻く大人同士の三角関係が招いたベインズ夫婦間の過失致死事件に巻き込まれて、対処不能に陥る。そのためベインズを裏切ることでトラウマを負ったまま、六十年後に死を迎えるのだが、その六十年という歳月を語り手がそ知らぬ顔で無視して、そのため空白が残されていることに落とし穴があるのではないかと問うている。

阿部は、「第三の男」を「読んでもらうためではなく、見てもらうために書いた」という作者の序文の意図に基づいて、グリーンが仕掛けた戦略がどのようなものだったかを、二人の男の観覧車での邂逅場面や、地下世界での追跡劇などを中心に考察する。このように作品を〈映像化というメディア変換を意図した文学テクスト〉として読み解こうとする。

さらに岩崎は、主人公の「死」と「再生」の問題を人類の文化全体に共通する神話との関係と、幼年時代の喪失および成熟との関係という両者の視点から捉えようとする。

（岩崎正也）

7 地下室は禁断の世界だったのか
ミューズを求める語り手に抗して

小幡光正

序

文学作品のテクストに、根元的な意味を求めることはできない。起源である作者の意図を想定しても、そこにテクストの究極的な意味が潜んでいるわけでもない。テクスト空間には、多くのせめぎ合う声が飛びかっているだけである。しかも、作品が傑作となり名作となり、古典の域に近づけば近づくほど、せめぎ合う声はかまびすしく響いてくる。それだけに、テクストは読者に向かってますます開かれていく。われわれは、いつもこのように語られてきたはずである。

短編「地下室」（一九三五）は、プロットの展開振りと言い、サスペンスの盛り上げ方と言い、体臭を強烈に発散させる語り口と言い、グリーン自身が言っていた長編作家の手による「半端もの」[1]として副産物であったとしても、決して多いとは言えない短編中でも際だって高い評価に浴してきた。名作の呼び声が高い傑作であると言えそうである。しかも、テーマ自体、作家のイデアの原点になっているエッセイ「失われた幼年時代」（一九四七）と連動して、いわゆる《グリーンランド》（Greeneland）の風土の基層を形成するに足る内実を備えている。ちなみに、作品は他七編を収録したグリーン初めての短編集『地下室ほか短編』（一九三五）では文字通りのタイトルストーリーであり、以後『十九の短編』（一九四七）、『二十一の短編』（一九五四）に至ってもその状況に変化はなかった。[2]作品は、原作者にとっても自信作なのであった。だが、じっさいは七歳の男児が両親不在の直後に召使い頭夫婦の間で発生した愛憎渦巻く過失致死事件に巻き込まれることで、その恐怖に翻弄されて対処不能、これがトラウマとなって「心的外傷後ストレス障害」（PTSD＝Post-traumatic Stress Disorder）を患い、以後六十年間廃疾の人生を強いられた男の物語として、作品はまさしくそれ以上でも以下でもないという意味で概ね閉じられたテクストとして評価されてきた。だが、果たしてそうなのか。つまりこの男児が足を踏み入れる、夫婦の住まう大邸宅の「地下室」とは禁断の世界であったのか。

一

原作は〈三人称語り〉である。ここの語り手は七歳のフィリップ（以下P）が巻き込まれた事件当日以降の六十年間に及ぶ人生全体を見通して、ジュネットの言う作中世界を超越した〈異質物語世界的〉地点にいる語り手である。そこが〈等質物語世界的〉地点でないのは、この語り手が作品世界の一義的な登場人物としてストーリーの展開に干渉し、影響を与えることはなかったからである。[3]そして、語り手はPの臨終の時点までも視野に取り込んでそれをしかと見届けている点からすると、時空間を超越して全方位に視線を走らせることができる、文字通りの全知の能力を備えているようだ。全知であるかぎり、この態度はPに対してだけでなく、ベインズやその夫人にたいしても基本的に変わっていない。かくして、前・後者の心に侵入を果たし、Pの幼い目に姿形は見えても、想像しがたいはずの大人の内心までもが読者に伝えられることになる。つまり、アフリカで四十人もの黒人を使いこなした男稼業の栄光を背に、今は島流しの不興をかこつだけの女房運の悪い男の真実が、他方残忍な魔女の陰に、夫の裏切りにあえぎすすり泣く老境間近い妻の真実が、である。しかし、一日半に及ぶストーリーの場では、語り手はPを映し手として前景に押し出し、その影にしばし息を潜める。だから、子ども部屋を一歩出たばかりで、くしくも幼児期を終えようとする男児[4]の視線がストーリーを支配することもある。

つまり、シュタンツェルが提示した概念枠に沿って言うと、このテクストの物語状況は〈局外の語り手によりつつ、作中人物に反映する物語状況〉であると整理できる。語り手の声が途切れて、Pの視点が作動しはじめるのである。ところが、Pの視点が臨終の床まで有効であると見なす議論もあるようだが、[5]この判断は乱暴である。この部分は、明確に語り手の陳述が前景を席巻して、もはやPは映し手ですらない。死の淵に徐々に沈んでいくPの視線が捉えた対象は、すでに混濁した外界以外ではありえないだろう。「死の道すがら、多分ベインズのそばを通り過ぎたであろう」(『短編集集成』四八九)という一文は想定レベルの陳述だが、想定する者は、寝ずの看護で付き添う秘書でないかぎり、語り手以外にはいない。そして、一読するや気づくことは、ストーリーは語り手によって、これもジュネットの言う〈錯時法〉のうちの〈先説法〉[6]としての予告の反復とその成就の確認作業にほぼ充てられているだけに、語り手はPの臨終の床を横目で見つめながら、冒頭から極度に意識的で収斂的な語りを展開させていく。この点から、テクストは結末から構築されていった物語と言えるほどで、[7]それだけにストーリーの展開の密度は夾雑物を排して、すぐれて緻密である。この作品の評価が今日まで一貫して高かったのも、じつはこのためであろう。

テクストは冒頭からして場面の提示ではなく、要約による語りの響きが甲高い。そして、結末にも同じ響きが反響して巻が閉じる。だが、Pの六十七歳の死は無念の死であろうから、読者の耳にしばし重い残響音が残るだろう。しかしともかく、要約とは高度に意識的な作業であり、当然語り手の判断や注釈に彩られやすい。そこでは一切が示されるよりは、語られるもの。あるいは、場面が提示されるよりは、状況が報告され記録されていく。これをプラトンにまでさかのぼって言うと、お馴染みの〈ミメーシス的叙法〉対〈ディエゲーシス的叙法〉ということになり、この点は多くの語りの理論が言及してきたところだ。場面であれ、要約であれ、表現方法がPの人生へのイニシエーションと末期に見合っていれば、作品は傑作に価するだろう。いまさらながら、マーク・ショーラーの言葉が蘇ってくる――「技法とは作家が自分の主題を発見し、探求し、展開させ、またその意味を読者に伝える唯一の手段であり、結局は主題の価値を評価する唯一の方法に他ならない。」[8] もちろん、ここでの技法にわれわれは語りの技法を含ませたい。彼の発言の時点では、語りの理論はまだ十分に開発されていなかったにせよ。

ところで、要約とは巨視的に言うと、物語の背景を形成して、物語世界に眺望を与える。対して、前景には場面（情景）がある。場面で提示される行動は基本的に刹那的であり、一回性を本意とする。そして、このテクストの場合、眺望で捉えられるものは、繰り返すが事件以降六十年間に及ぶPの残余の人生であるわけだから、眺望なくして、このテクストは成立しえなかったはずである。そして、その逆に場面として行動が描かれると、それは当然起こる順序通りに描かれていくはずである。つまり、テクスト冒頭の「玄関のドアが彼らを閉め出し、召使い頭のベインズが……戻ってきたとき、フィリップは……」の表現はすでに要約であって、場面には馴染まない。場面的表現とは、「……ベインズは……戻ってきた。そしてフィリップは……」である。加えて、七歳の子どもなら「パパとママは玄関から出ていった」とは言えても、「ドアが彼らを閉め出した」とは当然言い難い。

また、冒頭から両親を指して「彼ら」とされているが、読者にとってはこの「彼ら」に先立つ具体的な情報を持ち合わせていない。そのわずか四十一語の後に、それが両親であることが告げられるとしても、初見時は正体不明で特定し難い。しかし、じつはこれこそ映し手による物語の発端の特徴であるとシュタンツェルは指摘している。[9] すなわち、語り手の場合は読者との間でコミュニケーション状況にあるため、伝達のマインドに支えられているが、映し手はそれとは無縁の状況にある。つまり、映し手にはもともと読者の存在など意識にないので、当初から「彼ら」で口火が切られる。とすると、冒頭の一文は語り手による要約的な表現でありながら、映し手的要素が早々と混入されているということになる。〈語り手によりつつ映し手に反映する物語状況〉の所以である。

そして、全編に及んで物語状況に語り手と映し手の交代現象が見られるので、時間軸も各々にふさわしく設定されることになる。前者では時間はカイロス的に、後者はクロノス的になる。空間は、語り手による原理的には非遠近法的だが、ここでは全方位にとどく鳥瞰的目線で捉えられたものと、Pの子どもの身の丈にあった目線による遠近法で捉えられたものとで充填されるはずである。結果的に、語り手の物語姿勢とPの視野狭窄的な姿勢の際立ったコントラストこそ、テクストの構造を特徴づけることになる。

それにしても、この一日半以降の人生は末期の場面以外はテクストではついに提示されることなく、空白のままに残されてしまった。あるいは、これにより読者の時間感覚は異化されるかもしれない。つまり読者はPの登場（事件の渦中にではないが）とともに、一日半に及ぶ時間をともに過ごしていくことになるはずだが、これは事件落着の予感とともに頓挫を強いられる。事件の終結にテクストの終わりが重なれば、読者の時間感覚は宙吊りにはされない。ところが、テクストは一挙に六十年の間隔を飛び越え、臨終の床の場面を突如前景化させるから、時間感覚が異化されるのである。つまり、この空白は、やはりジュネットの言う〈黙説法〉[10]によって生じたもの、それも結末から逆算されて設定されていった内実を持つ。単なる省略ではない。

関連して、テクストに表現された時空間からは、トラウマの直接の原因となった事件とその関連事項以外は捨象されたはずだ。それはつまり、雑多で無尽蔵な内容を持つはずの本然の現実は、すでにここにはないということだ。あるのは、一日半に及ぶベルグレイヴィアの屋敷の内・外部の時空間からえぐり取られて再構成された現実の切片に過ぎない。しかも、その切片すらテクストの規模からして、余分に収容されてはいない。原作が劇的雰囲気を帯びている所以である。それだけに、この現実は際立って人工的であるとも言える。作中に見られる事物のあれこれは確かに現実世界にも同種の存在を指摘できようが、基本的には、作家の、いや語り手の用途において存在させられたのである。例えば、冒頭部分の両親が不在になるや、Pが歩き回る各部屋についても、そこに備え付けの家具調度品類の十分な目録が差し出されるわけではない。Pの視線が捉えたものだけが、報告されるという具合に。となると、わがテクストのリアリズムとはその視線の自ずからなる幼さによって保証されなければならないはずである。全知の語り手によってではなく。

二

ところで、文学の世界で物語内容を読者が現実態において知覚しているような感覚とは、どのような場合に可能となるのか。それは特に〈三人称小説〉の場合、語り手が全知の能力を放棄して映し手の背後に身を潜め、そのため一切が映し手の感覚や意識で捕捉されるままに伝達されることで、すぐれて効果的に達成されるはずである。この場合、〈一人称小説〉なら、内的独白あるいは意識の流れとして具体化するだろう。現代小説の多くが、モダニズムの大きな潮流のもと、この映し手の活用で文学世界の裾野をかぎりなく広げたという点についても、これまで多くの語りの理論がやはり言及してきたところである。

もちろん、映し手が人間であるかぎり、彼の視野は原理的に有限で、相対的で、偏見に満ちている。この逆はすべて全知の神のものであるから、映し手こそ人間存在の状況に適っている。しかも、この映し手の内なる世界に焦点化し、内部への沈潜が深まれば深まるほど、読者側ではその内心に好感を抱こうと反感を抱こうと、それへの理解度は自ずと深まり、それに反比例して映し手を取り巻く外界は不明瞭さを増していく。しかし、これが現実世界での人間の認識のありようである。

したがって、特に子どもが登場してその存在が臨場感を損なわないとなると、やはり映し手によるものに優るものはないだろう。この場合、映し手本人が子どもであれば、反射される現実は瑞々しいが、幼稚で、いまだ視野狭窄的な眼差しが捉えたものになる。大人の場合となると、映し手に鏡としての本分が守られていれば、子どもの映像は等身大以上にも以下にもならないはず。わがPの場合、七歳児が映し手としてかざす鏡は、所詮小さい。という点で、その鏡に写った事物が子どもの眼差しが捉えたものに適っているかどうか、われわれは今一度テクストを吟味する必要があろう。いずれにしろ、テクスト上で子どもとしての本分が損なわれていないかどうかの吟味は、特にリアリズム小説の議論では、避けがたい作業になる。具体的には、特にフロベール以降は〈自由間接話法〉で、子どもと語り手の声（視点）がいかに効果的に重ねられているかの考察になるだろう。ともかく、子どもについてあれこれ言葉を弄するより、早い話が舞台に子どもがそのまま群がってくれれば、一切は解決するといったなんとも大胆な議論に出会ったことがあるが、[11]言語芸術か舞台芸術かの差を考慮せず、表象芸術一本で整理するかぎり、これには最終的な真実があるのだが。

トラウマ体験と言い、それが原因のPTSDと言い、ここで簡単に確認しておく。近年はトラウマという呼称もすっかり市民権を獲得したようだが、この表現が近代精神医学で使われるようになったのが、十九世紀も半ば。それ以前はもっぱら身体の傷であったらしい。また、後者については、ヴェトナム戦争帰還兵の後遺症がきっかけになり、一九八〇年になってようやくアメリカ精神医学会により明確な定義を与えられることになった一つの病態である。そのさい発行されて以後改定を繰り返してきた公式の診断マニュアルを一瞥しても、[12]Pの場合極端な重篤だとしても、辻褄は合っている。「なにも組立ず、なにも作り出さず、六十年後には年老いたいちディレッタントとして、人に見せるに足るようなものはなに一つ残さず死んだ」（四七〇）とされているのも、驚くことにマニュアルに掲載の症例に符合する。つまり、これは「感情鈍麻性反応」で、過剰な活動性を特徴とする「侵入性反応」の対極にある。しかも、原作はなんとマニュアル発行に先立つ四十四年前に出版されている。改めて、グリーンの当時の知見に驚かざるをえないという言い方もできそうだが、しかしもともとトラウマ理論はフロイトから発している。そして、精神医学固有の問題と接点を持つ傾向がますます顕著になっていく。グリーンは、やはり二十世紀作家としてフロイトの遺産は引き継いでいたという判断が妥当なのであろう。

しかし、最大の問題は夫人の死亡事故発生の捜査で、警部がベインズに問い詰めていったときの職務尋問——「その女とは誰だね?」(四八八)——を、今度はP本人が末期の床で口真似で反復した事実にある。つまり、語り手はこの場面を目撃し、Pの呟きを直接話法で再現しているわけだが、じつはなぜPが真似をしたのかの理由がそこでは語られていない。ただ、その理由として、トラウマ体験時の圧倒的恐怖感が消えやらず、警部による尋問の有無を言わせない声が耳にこびりついて、それが六十年後にも蘇っていくだろうという示唆を、語り手は早々に冒頭近くで披瀝していた。

生まれて初めて、他人の生活が彼に触れ、のしかかり、彼をかたちづくった。彼は永久にこの情景から逃れることはないだろう。なるほど、一週間後には忘れてしまったけれども、それが彼の生涯を、長い、味気ない一生を決定した。いまわの際になって、彼はこう言った。
「その女とは誰だね?」(四六五)

語り手が、〈先説法〉を駆使してPの全人生を予告するという大胆で不遜な語りを敢行したのは、この時が最初で以後四回反復されていく。そして、反復のたびごとに、予告は予言の重みを響かせて倍音の効果を発揮し、読者は問答無用の体で言い含められることになる。このことに関係して、語り手の声にやはりひときわ印象深く響く言葉がある。テクスト冒頭の「生き始めた」(began to live) は、その後の「これが人生だ」(七回) 及びその変奏したもの (七回) とlife/liveの一点で共鳴しあってこれも予言めいた圧力を、いやほとんど暴力的と言えるほどの神託的圧力で、やはり読者を金縛りにする。どの表現も読者がすんなり受け入れてしまうのは、life/liveとも語彙がこれ以上はないというほど単純明快で、これなら七歳児にも発話可能なレベルの語彙内に収まると錯覚させるからである。それでいて、なんとも思わせ振りで、気になりだすと読書行為を中断させがちな効果も秘めるこの陳述は、テクスト空間に乱反射しながら、これもまるで通奏低音のように響いていく。ここには、語り手の計算し尽くしたうえでの戦略があると見なければなるまい。

それにしても、上述の反復された尋問の言葉を文字どおりに理解して、その女とはエミーであるとわざわざ念を押す論者たちも見かけるが、それでは議論の態度がナイーブすぎる。もう一度仔細に読んでみよう。Pが屋敷から出てぶらつき始め、近くの喫茶店でベインズと問題となる女性が一緒にいる姿をショーウィンドー越しに目撃したとき、女性はベインズの姪であろうとPは思いつく。これをベインズに確かめ、その通りだとの返答を得ることができた。だが、ベインズ本人や夫人の言動から彼女がじつは姪ではない、少なくともそうではないらしいとPが察知しえたはずの場面が少なくとも四回発生している。そして、その頂点にPのわななく訴え――「みんなエミーが悪いんだ」（四八八）――がくる。言うまでもないが、そうではないらしいということ、愛人だということは、七歳児においては当然結びつかない。むしろ大切なのは、文脈の流れからそのように読めるということは、語りがそのような仕組みを備えているということの確認である。とすると、その後の六十年間の生涯で彼女の正体は当然判明しえたはずだが、そこはテクストでは空白のままである。

三

そもそも、PTSDの最も顕著な症状は、患者が望もうと望むまいと、トラウマの再体験（再演技）にあるとされる。ただし、これは諸刃の剣の効果を発揮する。つまり、再体験は患者本人に当然原体験時の恐怖と苦痛を呼び覚ますことになるが、反復されるにつれ、逆に攻守転じて、問題の状況にたいし支配権を強めていくものでもある。つまり患者において、再体験された状況は、次第に自分に有利になるように読み換えられて、トラウマからの癒しがもくろまれるのだともいう。ここの三つの作業——再体験、解放、再統合——によって、過去に瞬間冷凍された恐怖体験も徐々に解凍して患者の認知的枠組みの中に消化吸収されていく。[13] 言うまでもない。人間生きている限り、自己保存のシステムが働くのである。

となれば、Pの場合、事件当時は幼くて自力では制御できなかった状況下で蒙った心の傷を、同じ状況を再現させ、そのたびごとに自ずから状況支配をもくろむことで、癒そうとする意志の萌芽が見られ、その結果絶対的に強者であった警部の口上に弱者のPが転移しようとした試みがテクストの場面であるとしたら……。語り手にとっては無用だとして、七歳以降の六十年間の人生が飛び越えられて（駆け抜けられたのではなく）空白が残り、じつはその空白の部分でPはトラウマの原因となった事件への対処の読み換えを果たしつつあったとしたなら……。語り手自体それが読めなかったとしたら……。

いや、語り手の報告では、Pにおいて事件は一週間後に忘れ去られたというのだが、問題の日以降の幼少期で例えばごっこ遊びのたびごとにトラウマ体験が無意識に読み換えられていったなら……。いずれにしろ、テクストではこれについては一切が空白として残された。ただ、空白をこのように読んでみたい根拠は、すでに触れたが、Pにおいて問題の女性が少なくともベインズの姪でないという予感を七歳児の感性で確かに得ていたようである点に、そしてなによりもPTSDに特有の回復過程に、読者の視線を絶対にそらせまいとして、ほとんど暴力的と言える語りの不自然な強引さに、それ故の作為が際立っていそうな空白の設定振りに、求めることが可能だからである。したがって、臨終の床までも呟きを繰り返してきたはずのPとは、まるで頓挫された癒しの小説の主人公の相貌を呈しだす。かくして、ストーリーは最大のアイロニーを響かせて結末を迎えたということにもなる。だが、そもそもわれわれは当初からP本人を組抜けにした所で、語り手の予告を聞かされてきたのではなかったか。Pの頭越しに語り手と読者の間でPの個人史情報を共有しあっていたのではなかったか。これを称して、語り手の姿勢をアイロニーであるとする以外に定義のしようがない。そして、このアイロニーの最後のだめ押しの一筆がPの末期に「あの女とは誰だね?」という報告で特筆大書される。ただし、この呟きは語り手一人が耳にしただけでは、信憑性に欠ける。かくして、付き添いの秘書も聞いて証人の役目を果たすことになる。

前述で、グリーンの創作当時の知見に言及したが、果たしてPTSDをここまで押さえていたのかどうかは、もはや問題ではない。加えて、ここでいわゆる作者の意図を読む誤謬にも陥りたくはないが、原作のテーマについての作者自身の発言――「知らないうちに、一番の親友を裏切って警察に売ってしまった少年の話……」[14]――も改めて留意してみれば、肝心な部分がはぐらかされているのがひどく気に掛かる。グリーンは、「幼少期に蒙った恐怖感を克服できず、トラウマとなって人生を不本意に過ごした男の物語」とはついぞ言わなかった。語り手もそれについては言わず語らずの作者の規範に則って、テクストから姿を消したのだろうか。

四

われわれは、Ｐの七歳以降六十年間に及ぶ「なにも作らない人生」とその原因となった過失致死事件の発生と顛末を直接知覚してきたわけではない。語り手が知覚した出来事を彼の眼差しと言葉で、つまり彼の知覚の仕方で、また時にはＰが幼い手にかざす身の丈に合ったコンパクトな鏡に映る映像によって、ＰのトラウマとＰＴＳＤと死の床での呟きの確認が迫られたのである。ちなみに、わがテクストの場合とは違う語り手であったなら、このようには伝えられなかったはずという意味で、この語り手に、幾度となく具体的な相貌と人格を読みとりたい誘惑に駆られるとしても、理不尽な要求でもあるまい。つまり、彼は出来事の進展に組することはなく、Ｐに寄り添う同伴者ともならず、心ならずも事件の目撃者の立場に追いやられたＰに対し、問答無用の高圧的な予言を繰り返し、六十年後の臨終の床をしかと見届けた目撃者であり、それに基づき証言の役目を果たしえた。それにしても、彼の観察は一見客観的に見えても、決して無私無欲の平然とした態度に基づいてはいない。トラウマの症例研究の事後報告だけで満足しているなどとは、到底言えない。神託的な予言を響かせていくこと自体、自己顕示欲も相当強い語り手の面貌を露にしている。つまり、彼の物語行為はまるで作家同然で、胸に一物も二物もある。しかし、彼はもちろん杳として姿を垣間見せることすらしない。読者の側では、彼の予言癖に金縛りにされるだけである。

ハンブルガーによれば、語り手が存在するのは〈一人称小説〉にかぎるのであって、〈三人称小説〉には存在しえない。[15] つまり、後者では無人称的かつ没人格的な言語的主体が語りの機能を代行して物語っているだけということになるから、姿を見たいなどまったく無意味だということになる。それにしてもわがテクストの場合、没人格的な語り手が客観的に事件の顛末を提示しているなどとは、とても言い難いだろう。幸い、〈一人称小説〉と〈三人称小説〉の区別を無意味なものとみて、〈劇化された語り手〉と〈劇化されない語り手〉の区分を提言していたブースにそって言うなら、[16] 姿は見えないが実質劇化された語り手がテクストの時空間を支配していたとも主張してみたいのである。

ところで語りの理論にしたがうと、わが語り手は目撃と証言によって、信憑性が与えられる資格を持つとしても、語り手は本来いくらでも自分の要求に基づき、事実を歪めて都合のよい物語を語ることができる特権に恵まれているはずである。つまり、わが語り手も信頼できるかという問いから免れることはできまい。なにもこの問いは〈一人称小説〉の語り手だけを相手に成立するものではない。つまりブースの判断では、語り手が〈含意された作者〉(implied author) の規範に準じて弁じるときは原則的に信頼できるということになるからだ。この作者は作中世界の状況報告をするわけではないが、それ以前に先立つ状況の選択、配分、統合に責任を持つ作者のことだ。となると、やはり語りの姿勢が問題だが、わが語り手はひたすら語りに統一を求めていたはずである。それによって、彼の審美的要求を満たそうとした。そのための「これが人生だ」の執拗な語りであり、「あの女とは誰だね」の引用である。すなわち、この語り手たるや、Pの読み換え行為によるPTSDの回復からの試みを空白部分で見逃している可能性があるという私の読みは、要するにこの信頼性の問題にかかわっている。しかし、これは由々しき問題である。へたをすると、語り手による観察と予言、目撃による証言を無効とすることで、結果的にテクストの存在自体の否定に発展してしまう。と言うことは、原作者の誤算を指摘することに議論は終息してしまう。その指摘はまた、テクスト上での美学的な欠陥にもかかわっていかざるをえない。

それにしても、幼少期の偶発的な体験がトラウマになって、残余の人生を破局に導くといった指摘に反感を抱いて、異議を唱え、空白とされた期間にトラウマを克服しえた機会もあったはずと刃向かうのも読者の自由。つまり、愛着の対象であったベインズの裏切りがきっかけで結果的にトラウマを強いられたが、この事件の記憶から徐々に離脱を図って心の安定を回復させようとする試み全体がフロイトに言わせると、「喪(悲哀)の仕事」[17]となる。さらに、近年進展が著しいセラピーの現場からはこうも言えるはずだ。七歳時で傷つけられた心を持つ「インナーチャイルド」を癒そうとするならば、この子は内心に忘れ去られてはいけない。あえて呼び覚まされなければ、意識下で活動し続け成人後の生活を汚染していく。したがって、臨床実践を経て、「アダルトチャイルド」の自己認識に患者は到達しなければならぬ。[18] Pはその途上にあったはずなのだから、事件は忘れ去られたという語り手の報告には眉に唾して接する必要があると、ここの読者は主張したいだろう。

あるいは、Pの事例を反面教師と見て、すでに忘却の淵に沈んだわが幼少期はそうではなかったと安堵の吐息を漏らし、それを改めて慈しむのも読者の自由。あるいは、そもそも知的にも道徳的にも能力的にも語り手は圧倒的に優位に立っているはずなのに、弱者である七歳のPに一切の援助の手を差し伸べることなく、神託者気取りで超然とした語りの姿勢を崩さなかったこと自体を責めるのも自由。そして、そして……。例えば、読者がこの種の思いをさまざまに抱きうるなら、このことこそテクストの語りがじつは豊饒さを秘めている証拠ではないのか。原作は、その点で決して閉じられてはいなかったのである。これまでも当然、テクストの語り手が全知であり、彼の介入によってストーリーの焦点化も果たされていると判断した者たちも少なからずいるが、議論は例外なくそこで止まっている。[19] 本論は、それをよしとはしない。

ところで、グリーンは確かに自らの幼少期体験に呪縛され続けた作家であり、その路線で本作品を理解するのは至極簡単である。だが、「災い転じて福となす」としか言いようがないが、多数の子どもが動き回って最大傑作となった『力と栄光』(一九四〇)も、主人公をして大罪に堕としめた原因の憐れみの情と言えど、瀕死の女児をまえにしては「ほとんど聖者のような祈り」[20]を吐かせることになった奇跡的な場面が見られる『事件の核心』(一九四八)も、じつは作家自身のこの呪縛を梃子に創造の世界に天翔けていったことの結実であったと、私は判断したい。ところが、わがPは「人生でなにも作らなかった」のだと語り手は執拗に繰り返した。語り手が信頼できるかどうかの問題を別にすれば、トラウマであれ何であれ、強いられた呪縛体験が呪縛のままで終わっていたならの典型が、じつはこの語り手によって示されたことにならないか。

結

さて、これまで論者たちは不思議なことに、結末の場面の尋問の口真似にこだわろうとはしなかった。したがって、これが見かけ上固着した心理状態への瞬間的な退行現象であると判断することすらなかっただろうし、ましてやさらに踏み込んで、語り手自体を疑うこともなかっただろう。その結果、(A)幼少期喪失を早期に強いられたPを犠牲者と見る者——ジョン・F・デスモンド、リチャード・ケリー、(B)七歳を責任ある年齢と判断し、救いを求めてきたベインズを振り捨てたことを責任放棄と見なし、それが原因で成人後に人格破綻を招いたと見なす者

——アーサー・W・ピッツ、クリスチャン・E・アン、(C) それにとどまらず、魂の堕落までも読みとる者——ジェラルド・E・シルヴェイラ、上総英郎氏らの三種に区分できる。[21]

したがって、ここにはか弱く幼い犠牲者の、成人後の人格破綻者の、さらには罪に堕ちていった者の面貌をそれぞれ曝けだすPがいる。もちろん、AとB・C間には断絶がある。そして、わが語り手は審美的要求を優先させようとするあまり、Pの回復過程を見逃した可能性があるという私の読みには、当然ミューズを求めて求めきれなかった芸術家の相貌を髣髴とさせる者がおり、片や幼少期の呪縛を終生かけて脱しようとしたかもしれないPがいる。そして、前者の事例は『情事の終わり』(一九五一)のベンドリックスにおいて、後者は呪縛体験を見事に克服したか、克服を確かに予感させる「説明のヒント」(一九四八)と「親愛なるドクター・ファルケンハイム殿」(一九六三)に登場の者たちにおいて各々真骨頂に達するはずである。いや、幼少期がどのようなものであれ、これを回想することで、確実に迫り来る死さえも従容として受け入れられるであろうとまで期待されたのは「庭の下」(一九六三)であったが、[22]振り返ると『植木鉢小屋』(一九五七)では、衝動的に首を吊った幼少期の事件の封印を解いて真相の究明を果たしてこそ、ようやく魂の回復も達成されていたはずである。「地下室」はP一人にとどまらず、語り手をも巻き込んで、《グリーンランド》創世の時点の原風景となっていったのである。[23]

注

1　Greene, *Ways of Escape* (London: Bodley Head, 1980) 272.

2　ただし、最終的にはその後に出版されることになる二冊の短編集も収録した *Collected Stories*. Collected ed. (London: Bodley Head & Heinemann, 1972) では *Twenty-One Stories* の部分は当初の収録順序が完全に入れ替わって、13番目にこの作品が置かれているが、作者自身その理由は黙して語らない。なお、以下の本文で *Collected Stories* からの引用は（　）に該当ページ数のみを記す。

3　ジェラール・ジュネット、和泉涼一他訳『物語の詩学―続・物語のディスクール』（書肆風の薔薇　一九八五）一二一―三七。

4　ローマ教会法では、七歳は小児を脱し、告解と堅信と小斉に関わる分別の年齢である。NB. Most Rev. McDonald, William J. et. al. *New Catholic Encyclopedia I*. Washington: The Catholic U of America, 1964. 197；高柳俊一他編『新カトリック大事典』三（研究社　二〇〇二）一五八三、他。

5　cf., R. H. Miller, *Understanding Graham Greene* (Columbia: U of South Carolina P, 1990) 150.

6　ジュネット、花輪光他訳『物語のディスクール』（書肆風の薔薇　一九八五）、七〇―八四。

7　NB. Greene, *Ways of Escape* 271.

8　Mark Shorer, "Technique as Discovery," 1948, *Forms of Modern Fiction* ed. William Van O'Connor (Bloomington: U of Minnesota P, 1948) 9-29.

9　フランク・シュタンツェル、前田彰一訳『物語の構造』（岩波　一九八九）一五三―六二。

10　ジュネット『物語のディスクール』五一―五三、二二八―三〇。

11　森田伸子『テクストの子ども』（世織書房　一九九三）一〇三を参照。

12　アメリカ精神医学会、高橋三郎他訳『DSM-iV-TR　精神疾患の分類と診断の手引き』（医学書院　二〇〇〇）一七九―八一を参照。

13　ジュディス・L・ハーマン、中井久夫訳『心的外傷と回復』（みすず書房　一九九六）二七三―三二九。シンシア・モナハン、青木薫訳『傷ついた子供の心の癒し方』（講談社 一九九五）八五-九〇。他略するが、類書に関連記事は多い。

14 Greene, Preface, *The Third Man and The Fallen Idol.* (London: Heinemann. 1950) 151.

15 ケーテ・ハンブルガー、植和田光晴訳『文学の論理』（松籟社 一九八六）一〇五-四九。

16 Wayne C. Booth, *The Rhetoric of Fiction* (Chicago: U of Chicago P, 1961) 151-53.

17 フロイト、井村恒郎・小此木啓吾他訳「悲哀とメランコリー」、一九一九（『フロイト著作集』六、人文書院 一九七〇）一三七-四九。

18 ジョン・ブラッドショー、新里里春監訳『インナーチャイルド―本当のあなたを取り戻す方法』（NHK出版 一九九三）二九-六〇。及び斎藤学『アダルトチルドレンと家族』（学陽書房 一九九六）八二を参照。

19 cf. A. A. DeVitis, *Graham Greene*, rev ed. (Boston: Twayne, 1986) 172.

20 遠藤周作「中年の哀歌」（『キリスト教文学の世界』八、主婦の友社 一九七七）一七（解説）。なお、本論の基になるのは、「カトリック作家の問題」（『三田文学』一九四七年十二月号に所収）中の〈憐憫の罪〉部分である。

21 cf. Elizabeth A. Christian, *Hell Lay About Them: Childhood in the Work of Graham Greene*, diss., New York U, 1972 (Ann Arbor: UMI, 1992) 20-24.

22 山形和美『グレアム・グリーンの文学世界―異国からの旅人』（研究社 一九九三）一二八を参照。

23 cf. Miller 152.

8　死と再生の境界

「庭の下」について

岩崎正也

一

『内なる人』（一九二九）はアンドルーズが死に向き合うところで終わり、「庭の下」[1]（一九六三）はワイルディッチが死に向かうところから始まる。アンドルーズは自殺し、ワイルディッチは死を通過して再生に至る。両者の運命を分けたのは、「死」の風景であり、「死」との係わり方であるという点で、スタンリー・ワイントラウプから筆者宛の私信を引き合いに出せば、「グリーンは、信仰を失ったカトリックのヘミングウェイのように、生き方よりは死に方のほうがずっと重要だと感じているようだ」[2]と言うことができる。

しかし、そういう生と死についてのグリーンのオブセッションともいえるテーマを、試みにもう一つの視点から、幼年時代の精神的成長のテーマとして解釈してみることはできないだろうか。

彼は、もう一度決心しなおさなければならない、と感じた。好奇心がまるで癌のように心の中に広がっていた。[3]

「庭の下」の結末で表されたワイルディッチのこの意識は、幼年時代を取り戻したかどうかの答えを曖昧にしているものの、作者は主人公に成熟の可能性を示そうとした、と考えることができないだろうか。そして、成熟に向かう鍵は主人公と「死」との関係にあるといえないだろうか。グリーンはたしかに一つの逆説的な表現方法として神への反逆を描くことで神への信仰を示しているが、「死」と「再生」の問題を非宗教的な視点から捉えなおしてみることもまた逆説的な理解の有効な一方法となるだろう。つまり、人類の文化全体に共通する神話との関係、それに幼年時代の喪失と成熟との関係という両者の視点から捉えてみることで、彼の作家としての、また人間としての本質的な問題の意味を、より根元的な、より象徴的な深層において理解することが可能になるのではないかと考える。

二

幼年時代の喪失と成熟という人類に共通の原初的体験の原型は、エリック・エリクソンによれば、スー族の乳房の喪失という幼児期の外傷と宗教的な贖罪行為との間に見られるという。乳児が乳房を無制限に味わうという時期を終え、乳房を噛むことを覚えると、母親は、子を将来勇敢な成熟した狩人にしたてるため、意図的に頭を殴って怒らせる。赤ん坊が激しく怒るほど、よい狩人になるからである。

したがって、スー族の幼児はみな、母親の乳房を拒絶されて精神的に外傷（エリクソンによれば、個体発生的であるけれども文化全体に共通する楽園の喪失である）を受け、成人はその罪を、太陽の柱に結びつけた長い革紐の先に結ばれた串で自己の肉体を切り裂き、血をほとばしらせる「太陽の踊り」という宗教的儀式の中で償い、劇的に表現する。[4]

乳房と結びつく口唇期の肉感的な母子関係、つまり「母」の原型は、グリーンの作品の中で無限に反復、再生され、楽園喪失の深刻な意識は、精神的外傷として登場人物の中に繰り返し刻みつけられている。私たちは『二十一の短編』（一九五四）の中で、「死」の風景を見て恐怖に駆られた数多くの主人公たちに出会う。「地下室」（一九三五）のフィリップ、「パーティーの終わり」

（一九三一）のピーターとフランシス、「見つけたぞ」（一九三五）のチャーリー、「説明のヒント」（一九四九）のデイヴィッドなどである。

幼年時代の喪失の恐怖を知りすぎたために成熟に失敗するグリーンの登場人物たちの原型がアンドルーズであり、短編ではフィリップ少年だといってよい。『内なる人』は、エディプス・コンプレックスに取り憑かれたアンドルーズの父親への復讐譚であるが、ここでは、スー族の「母」は、母＝「母」＝エリザベスという図式で繰り返し再現される。第一の「母」（母親との関係）が崩壊したときにも、第二の「母」（エリザベスとの関係）が消滅したときにも、アンドルーズが「大人」としてではなく、「子」として「母」に頼って「父」への復讐を遂げようとするのは、自己が「母」から切断されたために、周囲の大人の眼に「子」としてでなく、他人として映ることに恐怖を抱いたからである。

一方、両親も乳母も不在のベルグレイヴィアの大邸宅にあっては、召使頭のベインズがフィリップ少年の「母」であり、そのためには、彼は「子」である少年にたいして子守歌の代わりにアフリカの黒人の話をし、「夢の中に出てくる魔女」のようなベインズ夫人から少年を救い出すのだ。後日、警察に密告することによってベインズを裏切った少年は、「母」との繋がりをみずから放棄したために、「子」の世界からも締め出され、どこにも救いを見出すことができなくなる。「母」の秩序が崩れた以上、広大な邸宅にいるのは、「母」と「子」と「魔女」ではなく、「犬のように無言で嘆願」する男と、人生に怯えた七歳の少年と「もの」と化した女の死体に過ぎない。

フィリップがベインズを、その秘密を洩らすことによって無意識に裏切ったのは、「母」の役割をかなぐり棄てて個人となったベインズの存在を覗いてしまったからである。つまり、ベインズの役割と存在の間隙に生じた嘘が少年に恐怖と映ったからにほかならない。ベインズは少年を「子」の役割から切り離し、少年の幼年時代を破壊したが、同時に、「大人」の嘘の恐怖に耐えきれなくなった少年の裏切りによって「母」の座から堕ちたのである。

三

三十一歳のとき、それまで「ヨーロッパから一度も外へ出たことがなく、イギリスの外へもあまり出たことがなかった」[5]グリーンはいとこのバーバラ・グリーンを伴い、約四十日にわたってリベリアを旅行し、翌年、『地図のない旅』（一九三六）を出版する。リベリアは一八二二年、アメリカ植民協会によりアメリカ解放奴隷の入植地として建国。一八四七年、アメリカ合衆国憲法に基づく憲法をもつリベリア自由独立共和国となる。

自伝『逃走の方法』（一九八〇）によると、「二十三歳の女性であるいとこのバーバラをこの冒険の巻き添えにすることは少なくとも軽率だった」[6]が、旅行が始まってみると、彼女は道中の判断をすべてグリーンに任せ、けっして批判をしない点で、適切な同伴者だった。グリーンはフリータウンからアフリカに入り、モンロビアからヨーロッパに帰るのだが、前者を文明の秩序に属し、後者を原始という別の秩序に属すると見て、両者の対比を「フリータウンの醜悪なものはすべてヨーロッパ風である。商店、教会、官庁、二軒のホテル」[7]と記している。

とにかく、ゆきずりの旅行者にとってモンロビアはフリータウンより気持ちのいい町だ。フリータウンは海辺の腐敗にまかされた古い貿易港のようで、腐食の光景であるが、モンロビアは原初のようだ。[8]

フロイトによれば、人は夢によって無意識の上に幼年時代の体験を、また人類の原初的体験を見ることができるのだが、グリーンにとってアフリカのイメージは、「魔女と死、不幸とサン・ラザール駅、パリのスラム街の上にかかる巨大な煙っぽい高架橋」であり、「白人の移住者が故国の生活条件や道徳や大衆芸術を見事に再生しえた地域」ではなく、「暗黒であり、不可解さ」であるという。

グリーンは旅行中、リベリアの奥地で次のようないくつかの「原始」的秩序を発見する。

（1）グリーンはフリータウンで三人のボーイを雇うのだが、先輩のアメドゥ、後輩のラミナー、老コックのスーリとの関係は、「ほとんど情事と同じくらい親密なもの」[9]となった。

（2）女の美は「原始」の秩序に基づいて別の様式をもつ。「小さな丸い未熟のヨーロッパ風の乳房」よりも、リベリア人女性の「平らなブロンズが並んで垂れ下がっている乳房」の方が美しく思われてくる。[10]

（3）リベリアの海岸線から五十マイル以上離れた奥地では、「文明」の秩序が「原始」の体系へと変わる。「文明」社会で計測や記録の対象となる時間はここでは消滅する。それは、精密な時計のメカニズムがアフリカの熱気と湿気に勝てないだけでなく、リベリアには精確な地図がないために、全行程を徒歩で過ごすグリーンにとって、時間と時刻の計測が不可能だからだ。したがって時間の測定を諦めたグリーンは、「後には何も気にかけなくなり、ただ歩いて、充分に歩いたと思ったら、名も知らない村に泊まり、アフリカと一緒に漂うことになれてくる」。そのうちに時間の経過については、単位時間どころか、週、月の単位でも計算不能なことを思い知らされる。[11]

（4）原住民は子どもにも他人にたいしても優しく、一つの礼儀の基準を守っていた。[12]

（5）一財産をもった一行が警察のない国を盗難にさえ遭わずに安全に通過できたことに、グリーンは驚く。海岸線一帯の「文明」地区に住む白人にまったく信頼されていない「原住民たちは、いろんな物資、たとえば彼らにとってたいへん貴重な石鹸や剃刀やブラシが終日放置されている小屋に群がっては来たけれども、どんな些細な盗みさえもしなかった」。[13]

グリーンはリベリアで二つの「死」の風景に出合う。ボラフンの村では子どもは村を離れて、森の学校で二年を過ごす。両親とともに暮らしていた現実の村から連れ去られた「子」は「森の学校」という非日常の世界に送られる。「森の学校」を卒業することは「大人」になることだが、「子」にとっては「森の学校」の二年間は「死」を生きることにほかならない。なぜなら、「もし子どもが死ねば、その持ち物は夜のうちに両親の住む小屋の外に死んだという証拠として捨てられ、森から出てきたときは、彼らは新たに生まれ変わったものと考えられ、自分の両親や友人に再び紹介されるまでは知り合いであるふりをしてはいけない」[14]からである。

こうして「子」は「死」を無事に生きることによって「生」から「再生に」到達する。つまり、「母」に拒否された「子」は贖罪を経て「成熟」に達するのである。「森の学校」という「死」の世界を主宰するのは校長＝「悪魔」であり、校長は超自然的威力を刻み込んだ仮面を付けて、「子」の「生」と「死」を支配するのだ。

グリーン一行がボラフンに泊まったとき、「悪魔」は首長とグリーンとを表敬訪問し、仮面の踊りを披露する。絵の具を塗った、眼の役割をする二つの輪をつけ、縁に毛皮をまとい、長さ一ヤードの木製の鼻をもつ仮面が、大太鼓とひょうたんの音と足拍子に合わせて、宙を舞い、大人は子どもを「悪魔」の鼻先へ押しやって、仮面の口でくわえさせる。このときグリーンの意識は四歳のときに見た「青葉のジャック」という祝祭の風景に回帰し、幼年時代を見出したことに感動する。

もう一つの「死」の風景は、グリーンがガンタからグランド・バッサに行く途中でマラリアに罹り、数日間さまよわなければならなかった文字通りの死の世界である。たぶんいとこの献身的な介護によって、グリーンは高熱と衰弱の状態から回復したのだが、バーバラは後日出版した『暗黒の土地』(一九三八)の中で自己の冷静な態度を次のように記す。

私はグレアムの死を思っても心は穏やかだった。恐ろしいことに私はそのことについては無感動になっていた。(中略)グレアムはカトリックだった。それで取り乱し、くたびれた頭の中に、もし彼が死んだらロウソクを点してやらなければならないという考えが閃いた。なぜロウソクを点さなければならないのかは覚えていなかったが、もし彼のためにそうしないと、彼の魂は平安を見出せないだろうとぼんやり感じた。[15]

平熱に戻ったとき、グリーンは一つの発見をする。

私は自己の中に「生」にたいする情熱的な関心があるのを見出した。以前は当然のこととして死の方が望ましいと思っていたのだが。[16]

四

「庭の下」は不治の病に冒された男が、幼年時代に見た宝探しの夢を回想によって再現する物語である。その地下の世界をアンドルーズやフィリップ少年の「死」の延長上におけば、これは死を覚悟した男が夢を再現することによって幼年時代を見つけ、「子」を再び生きることによって、成熟の鍵を探りあて、「生」に希望を抱く物語である、と言い換えることができる。

主人公と「死」の係わり方を検討する前に簡潔に主人公の過去をまとめてみよう。作者はそれについてはわずかしか触れていないのだが、その断片を繫ぎ合わせて、「子どもの切り裂いた地図」を復元すると次のようになる。

(1) ウィリアム・ワイルディッチは五十七歳。作家。独身。

(2) 故郷では妻に先立たれた兄ジョージがおじから譲られた屋敷に住んでいる。

(3) ワイルディッチは、医師から肺の精密検査を受け、閉塞部切除を勧められる。『逃走の方法』によると、ワイルディッチの病気は、グリーンがモスクワでこじらせた肺炎と、肺癌の疑いで受けた気管支鏡検査の体験にヒントを得ている。

(4) ワイルディッチは七歳のとき、夜、家を抜け出して、屋敷の池の中にある島へ、グリーン自身の逃避行を想わせる宝探しの冒険をする。

(5) 十三歳のときにその冒険を「島の秘密」という作品に書きあげ、学校の雑誌に載せる。

「庭の下」には、宝探しの冒険の夢(第一部第五章)の時間と、回想の時間(第二部)と、現実の島を訪ねる時間との三重の時間が交錯する。地下洞窟の「死」の世界はユングに従えば、「無意識の精神が、ときには現実の意識的な洞察よりすぐれた知性と合目的性とを表すことができる」[17]ので、ワイルディッチにとっては「文明」の世界とは別の秩序で統一された「原始」の世界である。

「庭の下」は、『地図のない旅』のもつ、空間的移行に時間的遡行を重ね合わせることによって、人類の原始と個人の幼年時代を探るという二重のテーマと構造を共有する点で、ワイルディッチの無意識を通してみた『地図のない旅』の世界の小説的再現である。さらに、グリーンのアフリカ行きの情熱を掻き立てた『ソロモン王の洞窟』(一八八五)の読書的体験の再現であると言うことができる。なぜならフロイトが言うように、夢の作業が個人を幼年時代に連れ戻す[18]という点で、「庭の下」は、グウェン・ボードマンに従えば、「失われた幼年時代という反復的なテーマの神話的変奏」[19]であるからだ。『ソロモン王の洞窟』は少なくともグリーンの二度にわたるアフリカ行きに決定的な影響を与え、妖女ガグールは魔女として繰り返しグリーンの作品に現れる。

この本が私の将来を決定したとは言えないが、影響を与えたことは確かだ。もし、アラン・クォーターメインやヘンリー・カーティス卿やグッド大佐、とくにガグールという古代の魔女が登場するあのロマンティックな物語がなかったなら、十九歳のとき植民省の官職一覧を調べて、もう少しで職をナイジェリア海軍に委ねようと思っただろうか。そして後日、分別がついてよい年齢になったときにも、その奇妙なアフリカ熱が残った。一九三五年に私はリベリア原住民の小屋にあるキャンプ用のベッドで熱病にうなされていたのだが、ウィスキーのあきびんに入れたロウソクは消え、くらがりでは鼠が騒いでいた。一九四二年の一年間、私をシエラレオネのフリータウンにある小さな風通しの悪い事務所で働く気にさせたのは、あの黄色の禿げた頭の、コブラの頭のように伸び縮みする皺だらけの皮膚をした、癒しがたいガグールの魔力ではなかったのか。[20]

ライダー・ハガードはおそらく若い頃のわれわれの心を魅惑するすべての作家の中で最大の力をもつ。魔力こそはこの作家が駆使するもので、三十年の歳月でさえも擦り切れさせることができないような絵を我々の心の中に嵌めこんだのだ。岩戸が閉まって、押し潰されて悲鳴をあげるあの魔女ガグール。[21]

ある日の夕方、ワイルディッチは屋敷の中の池を渡って、島の地下洞窟に入りこみ、ジャヴィットという白いひげの老人と、マリアという、「飾りのついた踝のところまで垂れ下がった古ぼけた青い服」を着た老婆に出会う。名前を聞かれた少年は、「ぼくの名前はウィリアム・ワイルディッチで、ウィントン・ホールから来ました」と答えるが、「すべてはみんなこの上にあるんだ。中国もアメリカもサンドイッチ諸島も」と言う老人の返事によって、「文明」の世界から切断されて、地図のない世界に来たことを悟る。そして「光ってどこにあるんだ。ここでは朝とか夕方のようなものはないんだ」と言われて、そこには時間がないことを知る。

時間と地図のない洞窟の世界は、地上にある「文明」世界の日常から切り離された非日常的な「死」の領域である。ワイルディッチは数日間、洞窟の中で暮らすのだが、ここでの「死」はいったいどんな風景だったのか。少し例をあげてみたい。

(1)「あの人は恋人ですか」と少年が尋ねると、老人は、「妹、妻、母、娘さ」と答えて、女の存在にさまざまな位相があることを示す。[22]

(2)「地下のここでは死ぬということについて話す必要はない。ここでは今までにだれも死んだ人はいないのだ」と言って、老人は洞窟の世界が「生」のもつ別の位相である「不死」の秩序に属することを示す。[23]

(3) ジャヴィットの表現は粗野だが、その思想は「堆肥の層の下に広がる根のよう」[24]であり、「表現」を「意識」に、「思想」を「魂」に置き換えて、ユングの「魂こそが意識の母胎であり、主体であり、意識の成立を可能にするものである。魂の領域は意識の領域をはるかに超えるので、意識を大海の島に譬えることができると言ってよい」[25]という言葉を持ち出してみると、ここにもユングの世界が現れる。

こうして『ソロモン王の洞窟』のククアナ国王と魔女ガグールとに支配される「死者の家」を再現している、リベリアの「悪魔」に主宰される「森の学校」は、ジャヴィットとマリアが住む「庭の下」の洞窟世界にも再生される。

五

『旧約聖書』の「ヨナ書」によれば、予言者ヨナは、ニネベに行って、その罪と滅亡の危機を伝えるよう神に命令されるが、なぜかそれを避けて、船に乗って逃亡する。途中暴風雨のために、船は難破しかける。神の怒りを鎮めるために、ヨナは海に投げ込まれ、大魚の腹腔に呑まれて、三日三晩そこに留まり、神に救い出された後、再度の命令に従って、ニネベに行き、神の意思を代弁する。神学は「ヨナ書」を、ヨナ伝説に託し、イスラエル人にたいして神の救いをイスラエルにだけ限ろうとする民族主義的偏狭さを反省させる書、と考えているが、ヨナ伝説を神話としてみれば、ヨナが呑み込まれた魚の腹中は「死」の世界にほかならない。なぜなら、第二章のヨナの祈りにある「陰府の腹」、「淵」、「海」、「大水」、「大波」は死者が下る世界を示すからである。いったん「死」を通過して辿り着いた「生」は元の生ではなく、別の位相である「再生」の世界である。

「生」から「再生」に至る鍵は何か。それは両者を区分する「死」の世界にいて、ヨナが主宰者である神とどのような係わり方をしたか、という問題にあるはずだ。第二章の「死」の中の祈りは、救われた後、会衆の前で神を賛美し、誓いを果たす詩として表されたものだが、それは文脈の中では、ヨナが主宰者との間で契約した、ニネべで主の言葉を代弁するという務めを他者に頼らず果たそうという自己の意思表現である。この意味でヨナは「死」から「生」に帰って契約を実行したのだ。

されど我は感謝の声をもて汝に献祭をなし又わが誓願をなんぢに償さん　救はヱホバより出るなりと（「ヨナ書」第二章第九節）

「マルコによる福音書」によれば、十字架につけられたイエスは、「エロイ、エロイ、ラマ、サバクタニ」と叫んだ。「わが神、わが神、なんぞ我を見棄て給ひし」という意味であるという。死に向き合ったときに吐かれたこの言葉は、実際は苦悶の表現ではなく、「詩編」第二十二編の冒頭の言葉であり、この一編全体を貫く神の賛歌であることは、「死」にあってヨナの祈りが神の賛美の表現であることに呼応している。このように原型としてのヨナ的「死」の表現は、現実にも虚構の中にも繰り返し引用、再現されている。

ヨナの「生」から「再生」に通ずる関係を、神と人との間の垂直的関係とすれば、エリクソンの「母」の喪失から成熟に向かう図式を、人と人との間の水平的関係におくことができる。そして両方の基軸の交点に成熟のヒントを示す贖罪行為と「再生」に達する鍵となる「死」の風景とが重なるはずである。

エリクソンによると、「スー族の青年は、生活設計を決めるまでのまだ時間的余裕があるうちに、外へ出て、夢というよりは啓示を求める」[26]という。そして太陽と危険と飢餓とに身を曝して、大草原の中で神に導きを求め、四日目の啓示を待つ。その後、啓示の内容は夢判断の達人によって解釈され、若者はその解釈に従って、狩猟や戦闘に励んだり、または歌や祈りの言葉を創作する「大人」の役割を与えられる。こうしてスー族の若者は、三日間の「死」の生活から神の啓示によって「大人」へと成熟、再生する。「ある種のモチーフがさまざまな民族の神話や伝説の中にほぼ同一の様式で再生される」[27]というユングに従って、ヨナの「死」のイメージとスー族の「太陽の踊り」に見られる贖罪表現は、『地図のない旅』の「悪魔」に主宰される「森の学校」の世界に再現され、「庭の下」のジャヴィット老人とマリアに支配される洞窟の世界にも反復、引用されている。ヨナが神と契約を交わしたように、ワイルディッチはジャヴィットにたいして、地下の住人と財宝の存在を「文明」世界の人間に洩らさないことを誓って、洞窟を出る。

五十七歳のワイルディッチが現実の島の中で、古い寝室用便器を探しあて、それが夢の中でジャヴィットから土産として受け取った黄金の便器の再現であることを知ったとき、「もう一度決心しなおさなければならないと感じた」のは、「子」としての自己が、ヨナ的な契約履行の意思表現を充分に再現したことを認めて、「大人」としての現在の自己に「再生」の希望を抱いたからである。この点で、贖罪に失敗したフィリップ少年やアンドルーズは「生」から「死」の中に留まったままで成熟できず、ワイルディッチはヨナ的な「死」を通過して「再生」と「成熟」に向かうのである。

「庭の下」は、七歳の少年が見た夢の時間と、五十七歳になった大人の回想の時間と、五十年にわたって夢の意味を追ってきた現実の時間との三層からなる時間の流れによって構成されている。さらに「庭の下」を『ソロモン王の洞窟』と『地図のない旅』の世界との二重の再現であるとすれば、十歳ころのグリーンによる『ソロモン王の洞窟』の読書体験がワイルディッチ少年の夢に、『地図のない旅』のリベリア行きが回想の時間に、そしてハガードからの読書体験以後、「庭の下」を書くまでの奇しくもほぼ五十年にわたる幼年時代探求の作家的生涯が、ワイルディッチの半世紀の歳月に対応する、というふうに「庭の下」には二重の意味で三種の時間が流れる。『ソロモン王の洞窟』の虚構的な時間が『地図のない旅』の中でグリーンの意識を通して現実化される。さらに『地図のない旅』の現実的な時間が「庭の下」の中では、グリーン的な認識と感性を仮託されたワイルディッチの意識と無意識によって虚構化されるのである。

注

1 Graham Greene, *A Sense of Reality* (London: Bodley Head, 1963) 収録の一編。ほかの三編は、"A Visit to Morin"; "Dream of a Strange Land"; "A Discovery in the Woods." Collected Edition の *Collected Stories* (London: Bodley Head, 1972) では次の三編が追加されている。"The Blessing"; "Church Militant"; "Dear Dr Falkenheim."

2 一九七七年八月九日付の筆者宛の私信から。

3 Greene, *Collected Stories* 236 -237 .

4 Erik. H. Erikson, *Childhood and Society* (U.S.A., 1950; Harmondsworth, England: Penguin Books, 1965)127-143 .

5 Graham Greene, *Ways of Escape* (London: Bodley Head, 1980) 46.

6 Greene 46.

7 Greene, *Journey Without Maps* (London: Bodley Head, 1978) 32.

8 Greene 272.

9 Greene 48-49.

10 Greene 51.

11 Greene 66-67.

12 Greene 83.

13 Greene 83-84.

14 Greene 94-95.

15 Barbara Greene, *Land Benighted* (London: Geoffrey Bles, 1938) 174.

16 Greene, *Journey Without Maps* 251.

17 Carl G. Jung, *Psychology and Religion* (New Haven and London: Yale University Press, 1938) 45.

18 フロイト　懸田克躬、高橋義孝訳『精神分析入門（正・続）』フロイト著作集第一巻（人文書院　一九七一）一六三。

19 Gwenn R. Boardman, *Graham Greene* (Gainesville: University of Florida Press, 1971) 160.
20 Greene, *The Lost Childhood and Other Essays* (London: Eyre & Spottiswoode, 1951) 14.
21 Greene, *Collected Essays* (London: Bodley Head, 1969) 209.
22 Greene, *Collected Stories* 200.
23 Greene 201.
24 Greene 202.
25 Jung 102.
26 Erikson 144.
27 Jung 63.

9　見る／見られる物語「第三の男」

地下世界の男たち

阿部曜子

序

グレアム・グリーンの「第三の男」（一九五〇）を有名にしたのは、言うまでもなく映画であり、キャロル・リード監督の下、オーソン・ウェルズやジョゼフ・コットンの名演技と、アントン・カラスによるツィターの奏でる軽快だが哀愁漂うメロディーで展開されるこの作品は、映画史上に残る不朽の名画と言っても過言ではないであろう。

一方、小説「第三の男」は、好評を得た映画『落ちた偶像』（一九三六）に続いて、リードと組む次の作品をと請われたグリーンが映画制作を目的に書いた、いわゆるシナリオ（treatment）

的要素を持つ物語であることや、またグリーン自身が「第三の男」は「映画のほうが小説より優れている。それはこの場合、映画が小説の完成版だからである」[1]と述べたことなどから、文学作品としての批評家からの注目度は、彼のほかの長編などに比べると、あまり高くない。もちろんピーター・ウルフに代表される、グリーンのいわゆる《エンタテインメント》に光を当て、そこに《ノベル》にも共通する《グリーンランド》の風景を見出そうとする読みや、[2]グリーンの他の映画化された作品とともに原作と映画の違いなどを分析するジーン・フィリップスの批評論なども少なからず存在する。[3]しかし、そのいずれもがおそらくあまりにも自明のこととして看過していることがある。それは、「『第三の男』は読んでもらうためにではなく、見てもらうために書いたものだ」(*The Third Man* was never written to be read but only to be seen.)(五)というこの作品の序文の冒頭にあるグリーンの発言である。

「見てもらうために書いた」という小説を、映画の存在を抜きにして捉えることも、また読まれるために書いたものが後に映画化された『情事の終わり』(一九五一)や『喜劇役者』(一九六六)などの他の作品と同じ俎上で批評することも、ある意味で「第三の男」の特異性——出発点が異なるということ——を見落としているか、もしくは無視しているとは言えないであろうか。

今一度、先述の冒頭の一文にこだわり、「第三の男」は〈見ること〉、すなわち映像として〈見られること〉を意識して書かれたテクストであるという基本に立ち戻ってみた時、はたしてどのような読みが可能となるであろうか。さらに序文は続く――。

私にとっては、物語を書かずに最初にシナリオを書くということは不可能だ。映画でさえも筋立てよりは、性格描写のある種の手法や、気分や雰囲気に依存している。そういうものを様式化されたシナリオの無味乾燥な速記の中で、最初に捉えるということは、私にはほとんど不可能のように思われる。ある効果を小説という別の媒体で再現することは可能であるが、シナリオ形式で最初の創造はできない。描くのに必要であるだけではなく、それ以上の素材の意識を持たねばならない。だから「第三の男」は出版を意図したものではないが、脚本から映画へと、果てしない変容をとげるに先立って、シナリオではなく物語として出発しなければならなかったのである。(六)

この部分の表層を読む限りにおいては、小説「第三の男」は映画を製作するプロセスに必要な、あたかも目的遂行のための副産物であったかのように聞こえる。しかし、エッセイや対談集において、[4]いかにグリーンが自分自身について真実を語ろうとしない人物であるかを、また彼が韜晦の術とも言うべき衣を纏った作家であることを既に知っている我々は、この言説の裏に隠されているもの、あるいは向こうに透けて見えるものに、もう少し目を凝らしてみることが必要だと思われる。

確かに、映画にすることが主目的である以上、当初は小説として出版することを念頭に置いていなかったかもしれない。しかし、シナリオ形式以上の「素材の意識」を持って「物語として出発」させることを選択した時点において、グリーンの胸中には〈見られる小説〉を言語によって表わすことへの、もの書きとしてのこだわりや矜持のようなものがあったのではないか。まして や映画に多大な関心を寄せ、映画批評において長年の経験を持つだけでなく、早くから映画の芸術性を認めていたグリーンである。[5] そこには映像媒体による表現の効果を熟知しているという自信に裏付けられたある種の戦略や、「ある効果を別の形式で再現すること」、すなわち映像という視覚に訴える表象を前提に、それを言語という別の媒介によって小説という形式で表わすことへの積極的な意図が潜んでいたとしても不思議ではない。

かつてブルーストーンはいくつかの映画化された小説を分析し吟味した『小説から映画へ』の結論として、映画がオリジナルの持つテーマや味わいを壊し、その結果まったく異なるものになってしまっていると述べているが、[6] これはグリーンの「第三の男」には当てはまらない。なぜならば、序文で明言しているようにグリーンは異なる媒体での再構築の可能性を信じていたからであり、またメディアの変換による「果てしない変容」(interminable transformations)をも了承していたからである。いやむしろ、その変奏の中にこそ、この作品の定位を求め、存在根拠を見出そうとしていたとも思える。[7]

本稿では、小説「第三の男」を、異なる媒体に移し変えることを前提とした、すなわちメディアの変換を含みつつも、なおかつそれ自体で完結性を持った物語テクストとして読み直すことを試みてみたい。なお、映画「第三の男」の実際の内容や結果としての小説との違いには言及しない。ここで扱われるのはあくまでも映像化を意識した文学テクストとしての「第三の男」である。

一

映画になった文学作品は数多いが、映画化されやすさ、すなわち仮に映画的性質（cinematic quality）というものがあるとすれば、それはどのようなものなのであろうか。ジョン・ファウルズの小説と映画について考察するチャールズ・ガラードは、映画的性質を持った作品を書く作家としてジェイムズ・ジョイスやヘンリー・ジェイムズを挙げ、彼らが「文学における映像（image）の重要性を認識していた」ことを指摘し、特にヘンリー・ジェイムズが小説を「すべての絵の中で最も包括的で最も弾力のあるもの」と、絵画とのアナロジーで捉えていたことに注目している。[8] つまり、映画的性質のひとつに絵画的であることが求められることになる。それはまず彼らの作品に、読む者の視覚に直接訴えるような詳細で精緻な言語によるスケッチがあり、読者がそれぞれの心に絵を描きやすいという、言わば描写の明示性についての言及であると思われるが、それだけではない。ジェイムズの「包括的」(comprehensive)、「弾力的」(elastic)という言葉には、描写の暗示性も含まれていると思われる。

言語を持たないがゆえに、絵画や映画の映像においては画像そのものが描写となる。「映画は描写せずにはいられない」のであり、「スクリーン上の名詞はことごとく視覚的形容詞に満たされている」。[9]とシーモア・チャトマンがいみじくも言った、一見映像の明示性について述べているかに思える言葉は、同時に暗示性を示してもいる。すべてを描写してしまうために、時として映像は言語で語られたもの以上に多弁で饒舌にもなり得るのであるが、それを見る我々はそのすべてを見ているわけではない。フレームや画面の中に表われている(映し出されている)ものの中から何かを選び取り、なんらかの像を結んだり、抽象化・概念化するというストラテジーを無意識のうちに組み立てているのであり、それは映像のもつ暗示的な側面と密接につながっている。あるいは、深さのある映画には、カメラが捉える〈映画的境域〉に表われないもうひとつの領域、〈不在の境域〉があり、それはこだまを返すように〈映画的境域〉に呼応していると述べたのはジャン=ピエール・ウダールであるが、[10]確かにスクリーンを見つめる観客は、〈映画的境域〉を見ながら同時にその裏側に張りついている別の境域を心の中で描くこともできる。想像力という心的装置の機能を用いて。これもまた映像による描写の暗示性と考えることができよう。

さらに、テクストと読者との相互作用の中に読書行為の本質を求めるヴォルフガング・イーザーによると、映像、イメージは、また異なる色彩を帯びたものとなる。それはヒュームやベルグソンの言うような経験的視覚作用でもなければ、外界の対象物が我々の感覚に残した痕跡でもない。そのような感覚的経験を超え、直接的知覚ではそれとして見ることのできないものを意識上に上らせる心的活動、すなわち読者の想像力の所産なのである。するとイーザーの言うイメージは「イメージの形をとって初めて見えるようになるものが、実際には存在していないことを前提としている」[11]ことになり、この「非在ないし欠如を対象とし、それを現前化すること」、[12]それがまさにイーザーの提示する読書行為の中核ともなるイメージ形成なのである。

翻って考えるならば、映像を重要視したテクストとは、単純に明示的な描写によって容易に映像化できることを意味するのではない。むしろ、そこに描かれていないものを読者の心に映像として描かせなければならないのだ。あるいはそのようなイメージ形成を触発させること、別のイメージと融合させ新たなイメージを生ませること、そしてテクストの全体像をイメージとして読み取らせるようにもっていくこと、これが映像を重視したテクスト、すなわち映画的性質を持ったテクストと考えられよう。さしずめグリーンの場合は、《グリーンランド》という虚構の、まさにイメージの世界に、いかに読者を引き込んでいくかにかかっている。

我々はそれを、まずテクストの語り手であるキャロウェイ大佐による、ソ連、イギリス、アメリカ、フランスという四大国に分割統治・管理されている大戦後の冬のウィーンという背景の描写の中で検証してみたい。

……私にとってウィーンはみすぼらしい廃墟と化した街であった。しかもその年の二月には、この街は雪と氷の大氷河になってしまっていた。ドナウ川は灰色の単調な濁流で、ソ連の第二地区を貫通して遥か彼方を流れていた。この地区ではプラーテル公園は破壊され、住む人も無く、雑草が生えるに任せている。ただ観覧車だけがメリーゴーランドの土台の上を、うち棄てられた碾き臼のようにゆっくり回転して……。（一一）

戦禍をくぐり抜けた凍てつく冬の街と、そこに屹立して回り続ける観覧車。見事なまでに印象的な映像が刻み込まれるシーンである。スクリーンに映し出された場合、この光景そのものが明示的・暗示的描写となるであろう。そこにさまざまな形容詞をつけるのは観客自身であり、さらにウダールの言うこの〈絵画的境域〉から、画面に表われない〈不在の境域〉、すなわちこの場面の裏に張りついた別の光景（たとえばそれは、ヨハン・シュトラウスの調べが聞こえてきそうな戦前の華やかで優雅な街であったり、平和な時代にこだまする子どもたちの笑い声の響きを受けて、ゆっくり弧を描く観覧車であるかもしれない）へと見る者の想像力は掻き立てられるであろう。

そして映像を持たない物語テクストとしては、言語によって読者の内に像を抱かせ、テクストの余白の糸を紡がせるのは、「灰色の単調な濁流」であり、「うち棄てられた碾き臼」である。さらに自覚的な読者であるならば「碾き臼」が聖書のアリュージョンであることや、回転する宇宙の象徴として北欧神話などにもしばしば出てくることに気づくであろう。[13] またグリーンの文学世界をよりよく知る者であれば、「うち棄てられた」(abandoned)という言葉が、堕ちた神父を主人公とするグリーンの代表作『力と栄光』(一九四〇)の中でもしばしば登場し、特にカール・パッテンの言う車輪のように輻射状(radial pattern)[14] に位置する人物たちの描写に繰り返し使われていることを、その回転のイメージとともに思い起こし、みすぼらしい(seedy)神なき世界《グリーンランド》というタペストリーに、より微妙でかつ鮮やかな紋様を織り込むことも可能となる。イーザーの言葉を借りれば、テクストとは「一つの総体を暗示した一連の局面を示す」[15] ものであるが、読者は直接には書き込まれていない戦争の悲惨さや人間の永劫の罪などをイメージとして描きつつ、まだ明らかになっていないテクストの全体像を得るための局面のひとつとして、この場面の映像を刻んでいくのである。

二

ガラードは小説や物語の構造を決定する要素として視点や語りに考察の焦点を絞り、映画の視点に作用するものとしてクローズアップやロングショットなどのカメラの機能に注目し、そのために「映画メディアは文学メディアにより近くなっている」[16]と述べるのであるが、「第三の男」の場合はどうであろうか。

物語はロンドン警視庁から派遣されたキャロウェイ大佐が報告書を作成するために、自他ともに認める大衆作家ロロ・マーティンズの探偵まがいの行動やハリー・ライムとの追跡劇について、後にマーティンズから聞いた話を回顧するという形式をとって展開される。そのために全体の語り手はキャロウェイ大佐であるが、マーティンズから聞き取ったと思われる場面では主として視点はマーティンズに移り、また同時にマーティンズは〈内包された語り手〉にもなる。この語りの中にもうひとつの語りを組み込むという、ある意味で二重の枠組みを持つ構造や複雑な視点の移動は明らかに映像化を意識したものである。なぜなら、主人公でない人物（キャロウェイ大佐）による語りは全体に統一性を持たせ、またより客観的であるために、そのまま映像を見る観客の視点に移し換えられやすいからである。また映像における語りや視点はカメラの自由な移動やシヨットの編集に依拠するため、映画においては複数の、幾重にも重なった語りや視点が存在しうることも考えると、ガラードがファウルズを称して述べたように、グリーンも書きながら「カメラで考えている」[17]と思われる場面が散見される。

例えば、親友ハリーの死の真相を突き止めようとしているマーティンズが、ハリーの恋人アンナの部屋の窓から、闇の中に浮かび上がった長い影を見た後の夜道の場面を見てみよう。

彼は足早に歩いた。尾行されているかどうかを確かめもしなければ、影（shadow）を調べてみようともしなかった。しかし、街路の端を行き過ぎるとき、たまたま振り返ると、ちょうど角のあたりに、人目を避けるように壁に寄り添った、がっしりとした人影が立っていた。マーティンズは立ち止まってじっと見つめた。その人影にはどこか見覚えがあった。（八六）

キャロウェイ大佐により語られてはいるが、後に大佐がマーティンズから聞いた話の部分であり、したがって全知の視点から、マーティンズの視点に移動する。人影を見て「がっしりとした」と感じるのも、「見覚えがある」と思うのもマーティンズである。ところが、これがカメラショットで、急ぎ足に歩き、突然振り返るマーティンズがスクリーン上に映し出されたとすれば、その視点は、後を追う「影」のものともなり、観客は「影」の視点で前を歩くマーティンズを見ることになる。マーティンズは、立ち止まって暗闇に潜む人影を凝視し続けるが、姿を現さない相手もまた闇の中からマーティンズを見つめ返す。静まり返った闇の中の視線の交錯。しかも両者とも、自分が見つめていること、見つめられていることへの認識はあるものの、光に照らし出されているのはマーティンズの姿だけである。この緊迫感のあるシーンは、カメラが「物言わぬ語り手」（silent narrator）[18]になり得ることを我々に如実に示している。

やがて、マーティンズの脳裏には、下宿の管理人が目撃したと言う車にはねられたハリーの死体を運ぶ三人目の男、顔をもたない「第三の男」という言葉が浮かび上がる。「もしかして、第三の男？」（. . . even possibly the third man?）というパラグラフ最後にくる名詞の効果は大きい。ハリーの死の真相を追究するマーティンズが追う、そして反対に追われ、今、夜の歩道で対峙している謎の男が、テクストでは映像としてではなく、〈言語的に〉クローズアップされているのである。「第三の男」という言葉が示唆するものはさらに深い。多くの評者が指摘するように、[19]「第三の男」とは、グリーンが深く影響を受けているT・S・エリオットの『荒地』の「雷神の言葉」の一節「君たちの傍らにいつも歩いているもう一人の男は誰だ？」（Who is the third man who walks always beside you?）[20]からのエコーであり、そしてそれは（エリオットの注釈で明らかにされるように）「ルカによる福音書」二四章のエマオへ向かう旅人に付き添う人、すなわちイエス・キリストのイメージに重ね合わせたものであるということに思いを巡らすには、[21]映画では限界があり、読書行為の中で意のままに立ち止まって言葉を反芻し、またイメージの形成の連鎖の中でさらなるイメージを膨らませることができる文学テクストにおいて初めて可能となるものであろう。

このように「第三の男」という言葉が象徴的に浮き彫りにされたとき、それまでともに謎解きに参加させられていた読者にも「どこか見覚えのある」影とは、実は死んだとされているハリーその人ではないかということ、したがって交通事故は偽装であり、ハリーは生きているのではないかという推測が徐々に確かなものになってくる。やがて突然差し込んだ光の中に浮かび上がった顔、それは見覚えのあるどころではない、マーティンズのかつての英雄、ハリー・ライムの顔であった。

三

ブルーストーンは「小説を形成する原理は時間」であり、「映画を形成する原理は空間である」と述べている。[22]もちろん、映画においても時間は表現できるし、ましてや小説においては空間を、直接には意識されない内的空間を、いかに描けるかに作家の力量がかかっていることを考えると、ブルーストーンの区別はいささか乱暴と言わざるを得ないが、切り取られたフレーム（コマ）を送る連続性と動きがある映画は、小説より視覚的・直接的に空間を描くことができることは明らかである。グリーンは、マーティンズとハリーが観覧車の中で対面する、クライマックスとも言える場面で、空間を映像的に描くことを意図したと思われる。

それはまず二人が乗った観覧車の箱が徐々に登っていくにしたがって、彼らの目に映る光景として表象される。一方の側にはウィーンの街が「非常にゆっくりと沈み」、もう一方の側には観覧車の大きな組み桁がまた「非常にゆっくりと」見え始め、やがて地平線がひらけてくるとドナウ河が見え始めるというように。次に狭い箱の中で二人は向かい合う。かつての親友が今や薄めたペニシリンを闇で売る組織の元締めになっていると聞かされても、信じることができなかった純真でお人好しなマーティンズに、ハリーは学生時代に悪戯をしていたときと同じような微笑みを返す。この描写がそのままカメラショットに置き換えられたときには、観客もまたマーティンズとハリーのそれぞれの視点で相手を見つめることになり得るであろう。罪の無い子どもたちが犠牲になっている悪行を糾弾するマーティンズに、「犠牲者？ 感傷的になるなよ、ロロ。あそこを見てごらんよ」（一〇三）と、ハリーが観覧車の下を見ながら窓越しに指差した先には「黒蝿のように動いている人々」（一〇三）がいた。ここではスクリーンを見る観客も下界で蠢く人々を二人と一緒に見下ろすことになるであろう。「あの点のひとつが永久に動かなくなったら、君は心から同情するかい？」（一〇三）という台詞を聞きながら。

そして観覧車の箱が寒風に揺れながら、カーブの一番高いところで停止し、まさに天空で宙吊りになった状態で止まった時は、箱の中を流れる時間も止まったかのように思える瞬間である。このとき窓の外を眺めるハリーの背を見ていたマーティンズの脳裏をよぎったある幻影は見逃せない。「うまくいけばひと突きするだけでガラスは破れ、ハリーは鉄柱を越え、一片の腐肉となって蝿の中に落ちていくだろう」（一〇四）と、学生時代から尊敬の眼差しで見上げ続けていたハリーに、警察から正体を聞かされた後もなお本人の口から否定の言葉を聞きたいと思うほどに信じきっていたハリーに、マーティンズが殺意を抱いた一瞬である。

ブライアン・トーマスも観覧車での二人の邂逅に関心を寄せ、さらにマーティンズの重大な心的転換を見出している。頂上に達して観覧車の箱が止まったときに、マーティンズがハリーを殺す可能性も、まさに空中に停止したのであるが、同時にマーティンズは、自分がハリーに抱いていた「子どもっぽい幻想」から解放され、「理想化されたドッペルゲンガー」としてのハリーは自分の「ナルシシスティックな自己投影」に過ぎなかったことをマーティンズが悟ったのだと、トーマスは述べている。[23] マーティンズは一瞬にせよハリーに殺意を抱いた自分に気づいたとき、初めて自分の中のハリー像を距離を持って眺めることができたのであり、同時にこれまで自分が抱いていた自己像もまたハリーという偶像視していた他者を介してしか得られなかったことを理解したのである。観覧車の箱は、当初はキャロウェイ大佐の目にも成熟しきっていないと見られていたマーティンズがようやくアイデンティティーを獲得した空間となったのである。観覧車の静止、それは上昇から下降へと移り変わる束の間の瞬間であるが、このように何かが〈反転〉、〈転位〉し始めることを象徴的に示すのに、その映像的な効果は極めて大きい。

再び箱は動き出し、ゆっくりと降り始める。蝿が小さな人影となり、やがて人間とわかるようになるまでに。観覧車の回転運動、さらに上昇・下降の垂直方向への運動は、視覚的なイメージを読む者の中に刻みながら、マーティンズの内的変容を我々に気づかせる。

四

天空に弧を描いて回る観覧車のイメージからさらに下降して描かれるもうひとつの空間は、ウィーンの街の下に広がる大下水路、地下の世界であった。

ハリーの跡を追ったマーティンズが、突如ハリーを見失った地点にあったのはただひとつの広告塔であったが、そこには小さなドアがついていて、開けると螺旋階段があり、その先にはウィーンを横断できるほどの闇の世界が広がっていた。四つの強大国に支配されている地上とは違い、警備隊もいなければ、通行証もいらないウィーンで唯一の自由な場所である。

我々の足の下には、ほとんど知られていない奇妙な世界がある。滝が流れ落ち、急流が走り、洞穴があるような世界の上に、我々は住んでいるのである。そこは上の世界と同じように潮の満ち干きもあるのだ。（一一一）

ここには明らかに「我々が住んでいる」地上との対比がある。観覧車から見下ろしたときに「黒い蝿」のように見えた普通の人々が暮らしている場の下に広がる、未知の空間。それはユングのいう集合的無意識の世界に通じるものであるかもしれない。[24]地下世界のイメージは古今東西多くの神話の中にも見出されることを考えると、「地下深層の隠喩は人間思想の根源的なカテゴリー」[25]であるとも言えるであろう。

このような視点からは、グリーンの短編「エッジウェア通りの横丁の小さな劇場」（一九三九）のクレイヴンがうなされていた悪夢が思い起こされる。クレイヴンが三度も見たというその夢は、次のようなものであった。

彼は世界中のあらゆる死者が葬られている、大きく暗い、洞穴のような墓地にただ一人でいた。どの墓地も地下で隣の墓につながっていた。死者たちのために、地球は蜂の巣状の穴があけられていた。[26]

この地下の世界は死者の世界である。死者のために掘られた無数の穴がつながってひとつの世界となって、生きている人たちの下に存在するというイメージは、生と死との対比であり、また人間の個別の自我の意識と、その下に無限に広がり融合しつながりあう無意識の層という対比のイメージと重なり合う。そして「第三の男」においても、雪の中で行われた最初のハリーの葬式(とキャロウィ大佐もマーティンズもアンナも信じていた)では、凍った大地に電気ドリルで穴が開けられ棺桶が地中に埋められる場面と、雪解けが始まったころの二度目の、そして本物のハリーの葬式の場面は、ともに地下の世界が死の世界であることをシンボリカルに暗示しているとも言えよう。

マーティンズとハリーの地下での追跡劇に戻ろう。闇の大下水路で繰り広げられる〈追う者と追われる者〉の構図は、地上から垂直に降りていった先での、新たな水平方向に展開される運動となる。暗闇の中で唯一の光源となる懐中電灯を頼りに進んでいくマーティンズと警官たち。闇の静寂を破ってその耳に聞こえてくるのは下水路の支流を流れる水の音と、それが集まって滝になって落下する音だけである。

小さな光源が闇を強調し、また水流の音は静寂をいっそう際立たせる。緊迫感を表す映画的な材料は申し分なく揃った場面である。しかし、「大下水路はテムズ川の半分くらいの川幅で」(一一二)という表現の後、懐中電灯に照らし出された光景が次のように描写されるとき、「第三の男」は文学テクストとしてその重層性が再認識される。

深い川の流れが、水面が浅くなったところに屑を堆積して残していくように、穏やかな流れの下水も壁に沿って、剥いたオレンジの皮や、古い煙草の箱とか、そういうものを浮かせていた。（一一二）

《グリーンランド》には馴染み深いT・S・エリオットによる『荒地』の「火の説教」で、空き缶や煙草の吸殻が捨てられていたテムズ川が詠まれた調べが、[27]ここでも通奏低音になって響いてくる。このゴミの中でマーティンズがハリーの足跡を発見するとなると、ここは重要な場面であるが、『力と栄光』の中では、逃亡中のウィスキー神父が棄てた娘と対面する印象深いシーンも、同じようにゴミの山の中であったことが、[28]合わせて思い起こされる。

突然闇の中に銃声がこだまし、ハリーの名を呼び続けるマーティンズの声が地下世界に反響する。ハリーの放った二発目の銃声に警官の一人が倒れ、三度目に聞こえた銃弾は、マーティンズがハリーを射止めたものだった。苦しみに喘ぐハリーの口から聞こえてきたのは、マーティンズが学生時代にしばしば聴いたメロディーを吹く口笛であった。

グリーンの作品の中で夢が持つ意味が小さくないことを知っている我々はここに来て、この場面と、ウィーンに到着して間もないころの、ハリーと再会する前のマーティンズが見た奇妙な夢との符合に思い至る。その夢とは次のようなものであった。

マーティンズはウィーンを遥か後にして、くるぶしまで雪につかりながら、深い森の中を歩いていた。梟が鳴き、彼は突然孤独と恐怖を感じた。ハリーとある特別の木の下で会うことになっていたが、こんな深い森の中で、その木を見つけることがどうしてできようか。その時、人影を見つけ走り寄った。その人影は懐かしい調べを口笛に乗せた。それを聞いたマーティンズの心は安らぎ、もはや一人ぼっちではないという喜びに胸は高鳴った。(三一―三二)

夢の中、深い森でハリーを捜し求めるマーティンズの姿は、暗い地下の大下水路でハリーの名を呼びつつ追うマーティンズの姿に、そして森閑とした中に不気味に響き渡る夢の中の梟の声は、地下世界で静寂を劈く銃声にと重ねられよう。そして二人の古きよき時代を彷彿とさせ、夢の中では子守唄のようにマーティンズに安堵を与えてくれた同じメロディーの口笛を、地下の追跡劇の果てに、今際のきわにいるハリーの口から聴いた時、マーティンズは旧友の生命の終焉が近づいていることとともに、自分の中のかつての英雄としてのハリーもまた死につつあることを悟ったに違いない。

五

物語の山場であり、マーティンズに心の変容をもたらす転機とも言える場面が、観覧車や地下の下水道で起こっているというそのトポロジーについて、ウィリアム・チェイスは興味深い考察を行っている。チェイスは、観覧車に乗って人々が蝟集する地上を眼下に自己の優位性を主張したり、意のままに地下道に出たり入ったりするハリーは、ノースロップ・フライが『批評の解剖』の中で提示した「ロマンティック・ヒーロー」の一人であると述べる。[29]チェイスの指摘はフライが分析するロマンスの英雄たちが「冒険を体験しても年をとらない」ことや、その「エピファニーが山頂、島、塔、灯台、はしご、階段など特異な場所で起こる」[30]ことに根拠を置くものであるが、観覧車の中のハリーもまた、子どものようなあどけない微笑みを見せ、「悪というものはピーター・パンのようなものだ。永遠の青春という、ぞっとするような恐ろしい天性を携えている」（一〇二）とマーティンズに思わせていることなどからも、確かにハリーというキャラクターはフライの分類によるロマンティック・ヒーローに相当するであろう。

ここで想起されるのはグリーンが《失われた無垢》をテーマにしたいくつかの作品の中の子ど

もたちが大人の世界を知る場所もまた、地下室や階段であったことである。「地下室」（一九三六）のフィリップ少年は子ども部屋から階段を降りて、秘密の匂いのする地下室へと足を運ぶうちに、大人の世界に踏み入り、その結果、憧れの的であった執事のベインズを裏切ることになり、生涯、自責の念に苦しむことになる。[31]また「見つけたぞ」（一九三〇）の少年チャーリー・ストウが、理解できない大人の領域に一歩踏み出す前に逡巡し、しばし思案していた場所も闇の中の階段の踏み段であった。[32]フィリップもチャーリーも階段を昇るのではなく、降りることによって地下室や闇の中へ、裏切りや悪の渦巻く理不尽な世界へと入っていった。未知の世界に不安と恐れを抱きつつも魅入られるように。階段は、分断された、あるいは隣接する世界への出入り口であるという点において、グリーンが終生オブセッションを抱いていたドアや橋と似ているが、確かに違うのは階段やはしごには〈昇降〉という垂直の方向性と運動があるということであろう。それが意味するものは何か。再び地下世界の男たちに戻って考えてみたい。

マーティンズとハリーの地下水路での追跡劇も階段に始まり、そして階段に終わる。マーティンズに尾行されていることを知りつつ地下に消えたハリーは、あたかもマーティンズを誘き寄せたかのようにも思える。列国に分割支配されている地上とは違い、どこの国にも支配されていない、したがって自らがその支配者となり縦横無尽に動くことができる掟なき世界へと。跡を追って螺旋階段を降りていったマーティンズに、ここにいるぞと示さんばかりにくっきり残されていたのはハリーの足跡であった。夢や潜在意識の領域にも通じる闇の世界、政治や道徳からも自由な、現実の裏側にあるもうひとつの空間、この地下の世界こそが、ハリーによってマーティンズと二度目の対峙にふさわしい場所として選ばれたのである。あるいはハリーは、その場所でマーティンズの手によって殺されることも無意識のうちに予期し、願っていたのかもしれない。愚かな人間たちが引き起こした戦争、そしてその後も平和や秩序という美名の下に隠されている強者たちの権力が横行する地上の世界は、ハリーにとっては俗物的・偽善的世界以外の何ものでもなかった。[33] そこから階段を下りて行った先にある、堕ちた世界、それは「人間の本性は黒と白ではなく、黒と灰色だ」[34] とグリーンが言った、まさにその灰色の世界ではなかったか。ハリーは灰色の世界から黒の世界を見つめていたのである。しかし、撃たれたハリーが断末魔の苦しみの中で、マンホールへと続く階段を、傷ついた身体を引きずって昇ろうとしたことに注目したい。まるで死に場所を光ある地上に求めるように、生きている時は安住の場所であったはずの地下の世界、灰色の世界から逃れようとしていたのである。この最後のハリーの姿に、彼の内なる再生への希求を読むこともできるであろう。

結

「見てもらうために書いた」という小説を読むうちに、我々は、心の中にゆっくりと回る観覧車の中の二人、そして地下の闇の中に浮かび上がる二人の姿を描き、地下大水路に滴る水流や、静寂を掻き分けこだまする靴音や銃声を聞いていた。それらはカメラワークや音響効果など映画的要素を十分に考慮したものであったと言えるし、実際イメージを読者に結ばせるための文学的装置が随所に見受けられる作品であった。しかし、ここで重要なのは、それが映画のために書かれたものであることを我々が知りつつ読んだということである。映画の存在を前提とした読者には、無意識のうちに心の中に既にスクリーン、あるいはフレームが用意させられていたのではないか。「見てもらうために書いた」というのは、単に映画のために書いたことを意味するのではなく、見るように読ませるという戦略、すなわち映像を描きながら読むようにと促す読みの方向づけがなされていたのではないだろうか。このように考えると「第三の男」というテクストは、（読者の気づかぬうちに）序文から始まっていたテクストであるとも言える。むしろ、そのような形での読解・再構築を促す作品として、メタ・レヴェルの地平で「第三の男」を読み直すことが新たに求められているのではないかと思う。

「第三の男」が書かれておよそ四十年後に、アントニー・バージェスとの対談の中でグリーンは「第三の男」について実に興味深い見解を述べている。「『第三の男』はそれ自身正当性を持った作品として十分に読み応えのある、一種の文学的なシナリオ（a kind of literary treatment）である」と。[35]「第三の男」に関しては、かつては映画を優位に置き、補完的なものとみなしていたグリーンが、その小説に、文学作品として独立権を与えているのである。人が過去を振り返り述べるとき、語られる過去は常に振り返る時点から見つめる物語でしかなく、したがって過去は常に修正され、変化するものであることを考えると、「第三の男」に対するグリーン自らによる評価のこのような変化があっても不思議ではない。とは言え、時の流れにしたがい、映画の成功という結果から少し距離を置いたグリーンが、「第三の男」をひとつの文学テクストとして再評価していることはやはり注目に値しよう。

しかし、一九九〇年、アメリカで開催されたグリーンのパースペクティブについて論じられた国際シンポジウムにおいても、映画に類まれな関心を寄せ関わってきた作家であることにグリーンの独自性を見る論文が寄せられているが、「第三の男」に関してはその存在根拠をフィクションと映画が統合され芸術的に結晶化されたことに置くという結論に留まっている。[36]

「第三の男」は映画のために作られたものであり、その映画があまりにも有名になりすぎたという宿命から逃れることは容易ではないであろう。もちろん、映画の存在をしばし忘れて、無辜の子どもたちの死という最たる悲劇の中にすらほのめかされている神の恩寵・救済や再生の兆しというグリーンらしいパラドキシカルなテーマを探ることは可能である。しかし、そのような場合でも、「第三の男」は映画というメディアのア・プリオリな存在がある限り、テクストの読者がそれぞれの心に《グリーンランド》を描き出す過程において、〈映画〉は隠れた記号やメタ・メッセージとなって、何らかの形で参与をしていると思われる。我々に求められていることは、そのような束縛や枠組みを意識しつつ読むことではないだろうか。作品の内側から枠組みそのものを逆照射し、さらにもう一度その枠組みを含めた作品として外側から光を当ててみることが必要であると思う。

我々を取り巻く社会のメディア環境は刻々と変化している。映像メディアも、観客が共有する〈場〉を持ちえた映画の時代とは大きく様相を変えようとしている。ビデオやDVDなどの普及によって、受容の〈場〉がより個人的になっているという点において、映像を見ることは読書行為に近づきつつある。また拡大する電子メディアがコンピューターの画面を見つつテクストを読むことをも可能にした現代社会においては、読者とは何かという概念の問い直しも迫られるであろう。このような状況下、今後はメディア論や表象論を巻き込みながらの新しい「第三の男」論が生まれてくるかもしれない。映像化を目的とし、メディア変換を視野に入れて書かれた文学テクストとして「第三の男」は様々な読みの可能性を提示してくれている。

グリーンは晩年近くの自伝『逃走の方法』（一九八〇）の中で、作家が小説を書くときの精神的負担が如何に大きいかを述べた後、彼の作品群のいわゆる《エンタテインメント》は「気晴らし」であり、鬱から躁への「脱出」の手段であるというようなことを述べている。[37]本当の自分を語りたがらない作家のこの言葉を、よしんば信じたとするならば、「第三の男」の読者も観客も、結局はこの作家の気晴らしのひとつにつき合わされていたに過ぎないのかもしれないのであるが。

注

1 Graham Greene, "The Third Man," *The Third Man / Loser Takes All* (London: William Heinemann & Bodley Head, 1975) 6-7. 以後テクストからの引用はそのページ数を括弧の中に数字で記す。

2 Peter Wolfe, *Graham Greene the Entertainer* (London: Southern Illinois UP, 1972).

3 Gene D. Phillips, *Graham Greene: The Films of His Fiction* (New York: Teachers College, Columbia U., 1974) 61-76.

4 cf. Marie-Françoise Allain, *The Other Man: Conversation with Graham Greene*, trans. Guido Waldman (London: The Bodley Head, 1983).

5 cf. Graham Greene, *The Graham Greene Film Reader: Reviews, Essays, Interviews & Film Stories*. ed. David Parkinson (New York: Applause, 1995).

6 George Bluestone, *Novels into Film* (London: The Johns Hopkins UP, 1957) 48.

7 このようにメディアの置換による内容の変質を肯定的に捉えていたという点においては、グリーンは後のマクルーハン理論の支持者たちの文学者側からの先駆者であると言えよう。（エドモンド・カーペンター、「新しい言語」、『マクルーハン理論――電子メディアの可能性』、マーシャル・マクルーハン、エドモンド・カーペンター編、大前正臣、後藤和彦訳　平凡社ライブラリー　二〇〇三年　一六九―七〇

8 Charles Garard, *Point of View in Fiction and Film: Focus on John Fowles* (New York: Peter Lang, 1991) 14-15.

9 Seymour Chatman, *Coming to Terms: The Rhetoric of Narrative in Fiction and Film* (London: Cornell UP, 1990) 40.

10 ジャン＝ピエール・ウダール「縫合」谷昌親訳、『新　映画理論集成2』フィルムアート社一九九九年、一五。

11 Wolfgang Iser, *The Act of Reading: A Theory of Aesthetic Response* (London: The Johns Hopkins UP, 1978) 137.

12 Iser 137.

13 碾き臼は、変容、宿命のシンボルとも言われ、宇宙の碾き臼はこの世の創造に関わる。また盲いたサムソンがガザの牢獄で碾き臼を回していたように（「士師記」十六章）、刑罰、重荷、殉教、屈辱の記号でもあった。さらに碾き臼は仏教では輪廻を、北欧の神話では回転する宇宙を象徴する。（J・C・クーパー、『世界シンボル事典』岩崎宗治訳［三省堂一九九二］一六八）

14 Karl Patten, "The Structure of *The Power and the Glory*," *Modern Fictions Studies*, vol.3. 1957. 225.

15 Iser 146.

16 Garard 10.

17 Garard 18.

18 Garard 18.

19 cf. A. A. De Vitis, *Graham Greene* (Boston: Twayne Publishers, 1986) 43.

20 T. S. Eliot, *The Complete Poems and Plays of T. S. Eliot* (London: Faber and Faber, 1963) 73.

21 「神の似姿」（God's image）を人物の中に見出すというモチーフは『力と栄光』（*The Power and the Glory*, 1940）などにおいても見受けられる。

22 Bluestone 61.

23 Brian Thomas, *An Underground Fate: The Idiom of Romance in the Later Novels of Graham Greene* (London: Georgia

UP, 1988) 10-11.

24 グリーンのユングによる集合的無意識への関心は、特に夢に関して示されている。（*Ways of Escape* [London: The Bodley Head, 1980] 48）

25 ロザリンド・ウィリアムズ　市場泰男訳『地下世界——イメージの変容・表象・寓意』平凡社　一九九二年、一九。

26 Greene, "A Little Place off the Edgware Road," *Collected Stories* (London: William Heinemann & The Bodley Head, 1972) 412.

27 Eliot 67.

28 Greene, *The Power and the Glory* (London: William Heinemann & Bodley Head, 1971) 93-94.

29 William Chace, "Spies and God's Spies: Greene's Espionage Fiction " ed. Jeffrey Meyers. *Graham Greene: A Revaluation* (London: Mcmillan, 1990) 164-65.

30 Northrop Fry, *Anatomy of Criticism* (Princeton UP, 1957) 186-92.

31 Greene, "The Basement Room," *Collected Stories.*

32 Greene, "I Spy," *Collected Stories.*

33 「第三の男」という作品全体を大戦後の混乱した世界のアレゴリーであるとみなし、大衆社会に腐敗をもたらしているのは政治的状況であって、ハリーが死んでも何も変わらないとする読みもある。（R.H.Miller, *Understanding Graham Greene*. [Columbia: South Carolina U.P, 1990] 106.）

34 Greene, *The Lost Childhood and Other Essays* (London: Eyre & Spottiswoode, 1951) 14-5.

35 Anthony Burgess, "God and Literature and So Forth . . ." *Graham Greene: Man of Paradox,* ed. A. F. Cassis (Chicago: Loyola UP, 1994) 318.

36 Anne Piroell, "Graham Greene: Fiction and Film," *Graham Greene in Perspective*, ed. Peter Erlebach (New York: Peter Lang, 1991) 90.（なお、このシンポジウムに病床にいるグリーンが謝辞を寄せている。）

37 Greene, *Ways of Escape*, 236.

あとがき

グリーンが一九九一年に没し、その小説作品がすでに出揃ったいま、グリーン研究は生涯の伝記的な事実を見通したうえで、全作品を検討する時期に入ったと言える。作品世界の構造が作家の現実認識の論理に支えられているとすれば、「国境」をモチーフとして語られてきたグリーン文学の原風景は、子どもが登場する作品群や主人公による故郷の回想場面の中で鮮やかに示される。作者が幼少年期に味わった、緑色のラシャ張りのドアを隔てた「学校」と「家庭」との緊張関係がアナロジーとして描かれているからである。実際の少年グリーンの生活空間は、ラシャ張りのドアを中心に同心円上に広がる自宅のあるスクール・ハウス、母校バーカムステッド・スクール、町のバーカムステッドの三重構造から成り立っていた。故郷にたいして、「憎しみと愛という異なる絆によって引き裂かれる」という自我の分裂に苦しんだグリーンの行動半径は、やがてイギリスから外国へと拡大していく。

しかし母校の校長が発表した追悼記事にあるように、グリーンは「創立四百五十周年の今年、学校訪問を考えて」いた。象徴的にいえば、長年故郷から遠ざかっていた作家は最晩年に同心円の中心に回帰しようとしたのだ。作品世界でも同じように、たとえば、「地下室」のフィリップ少年だけでなく、「橋の向こう側」のキャロウェイ氏や「庭の下」のワイルディッチ、『ヒューマン・ファクター』のカースルもいったん「国境」を越えるけれども、再び同心円の中心へ回帰しようとする。

グリーンの死後、作家の母校には二つの変化があった。一九九三年、寮生として挫折の生活を送ったセント・ジョンが創立以来百十年に及ぶ歴史の幕を閉じた。二つ目は一九九六年、母校は男女共学制に移行し、バーカムステッド・コリージャト・スクールと校名を変えた。作家の生前から長年インセンツのハウスマスターを務めていたデイヴィッド・ピアス氏は、「グリーンがこれを聞いたらきっと喜んだだろう」と筆者に悪戯っぽく語った。

私たち三人は手法はそれぞれ異なるが、以前からグリーンの原風景に関心をもち続けて、作品論を書き、またシンポジウムでも共通のテーマを掲げてたびたび論じ合ってきた。二〇〇四年がグリーン生誕百年に当たるのに合わせ、原風景をテーマにして共著を出すことにした。各自が持ち寄った三編は、書き下ろしもあり、過去に口頭や論文、著作として発表したものもある。今回それに加筆訂正を施した。出版については南雲堂の原信雄氏に企画のときからさまざまな助言をいただいたことを感謝したい。

（岩崎正也）

索　引

以下の項目は本文中のものにかぎっている。また、著作を表示する『　』「　」以外の括弧表示はここでは省略されている。なお、原綴（あるいはそれに準じるもの）はグリーンの著作や事項の一部、人名などの他、必要なもののみ表示されている。

［か行］

［さ行］

［た行］

［な行］

［は行］

［ま行］

[や行]

[ら行]

著者について

岩崎正也（いわさき　まさや）
元　長野大学教授。
ジョージタウン大学研究員（94年度後期）
現在　早稲田大学非常勤講師。
共著『フェニックスを求めて』（南雲堂）
論文「グリーンの創作技法」（『英語青年』）
ほか。

小幡光正（おばた　こうせい）
現在　酪農学園大学教授。訳書　P・ストラトフォード『信仰と文学―グレアム・グリーンとフランソワ・モーリヤック』（共訳、白水社）、L・ローレンス『灰のまつえい』（篠崎書林）ほか。
論文「グレアム・グリーンが誘うかくれんぼうの沃野へ―フランシスへのレクイエムとして」ほか。

阿部曜子（あべ　ようこ）
現在　四国大学助教授。
共訳『世界児童・青少年文学情報大事典』（勉誠出版）
論文「遠藤周作とグレアム・グリーン―『沈黙』と『権力と栄光』にみる神の位相」ほか。

グレアム・グリーン文学の原風景
―その時空間を求めて

二〇〇四年三月三十日　一刷発行
二〇〇六年九月二十五日　二刷発行

著　者　岩崎正也　小幡光正　阿部曜子
発行者　南雲一範
装幀者　岡　孝治
発行所　株式会社南雲堂
東京都新宿区山吹町三六一　郵便番号一六二-〇八〇一
電話東京　（〇三）三二六八-二三八四（営業部）
　　　　　（〇三）三二六八-二三八七（編集部）
振替口座　〇〇一六〇-〇-四六八六三
ファクシミリ　（〇三）三二六〇-五四二五
印刷所　日本ハイコム株式会社
製本所　長山製本
乱丁・乱丁本は、小社通販係宛御送付下さい。
送料小社負担にて御取替いたします。
〈1B-288〉〈検印廃止〉

©IWASAKI Masaya; OBATA Kosei; ABE Yoko
Printed in Japan

ISBN4-523-29288-4　C3098

グレアム・グリーンの世界

リチャード・ケリー
森田明春訳

小説家、劇作家としてわが国で愛読され続けているグリーンの本質を鋭く抉る。
2816円

孤独の遠近法　シェイクスピア・ロマン派・女

野島秀勝

シェイクスピアから現代にいたる多様なテクストを精緻に読み解き近代の本質を探究する。

9515円

十九世紀のイギリス小説

ピエール・クースティアス、他
小池滋・臼田昭訳

13の代表的な作家と作品について、講義ふうに論述する。
3883円

風景のブロンテ姉妹

アーサー・ポラード
山脇百合子訳

写真と文で読むブロンテ姉妹の世界。姉妹の姿が鮮やかに浮かびあがる。
7573円

シェイクスピア・カントリー

スーザン・ヒル
佐治多嘉子・谷上れい子訳

現代イギリスを代表する女流作家が、魅力的な風景をいきいきと描く。
7000円

＊定価は本体価格です。